KB028322

시는 아름답다

시는 아름답다

오광수 엮음

사과나무

시는 아름답다

1판 1쇄 인쇄 ㅣ 2004년 11월 1일
1판 1쇄 발행 ㅣ 2004년 11월 5일

엮은이 ㅣ 오광수
펴낸이 ㅣ 권정자
펴낸곳 ㅣ 도서출판 사과나무

등록 ㅣ 1996년 9월 30일 (제 11-123호)
주소 ㅣ 경기도 고양시 행신동 샘터마을 301-1208
전화 ㅣ (031)978-3436   팩스 ㅣ (031)978-2835
e-메일 ㅣ saganamu@chollian.net

값 7,000원

ISBN 89-87162-64-8 03810

□ 차례

꽃 진 자리에 잎 피었다 너에게 쓰고
잎 진 자리에 새가 앉았다 너에게 쓴다.
너에게 쓴 마음이
벌써 내 일생이 되었다.
마침내는 내 생(生) 풍화되었다.

바다를 보면 바다를 닮고

신현림

바다를 보면 바다를 닮고

나무를 보면 나무를 닮고

모두 자신이 바라보는 걸 닮아간다

멀어져서 아득하고 아름다운

너는 흰 셔츠처럼 펄럭이지

바람에 펄럭이는 것들을 보면 가슴이 아파서

내 눈 속의 새들이 아우성친다

너도 나를 그리워할까

분홍빛 부드러운 네 손이 다가와 돌려가는

추억의 영사기

이토록 함께 보낸 시간이 많았구나

사라진 시간 사라진 사람

바다를 보면 바다를 닮고

해를 보면 해를 닮고

너를 보면 쓸쓸한 바다를 닮는다

모두들 자신이 바라보는 것을 닮아간다. 바라보는 것들과 동화
(同化)되면서 찰나의 생을 살다 간다. 창밖 풍경이 '추억의 영사
기'처럼 느릿느릿 흘러가는 비 그친 오후, 내가 너를 그리워하듯
'너도 나를 그리워할까'. 이 저녁 여름은 우울한 장마로 눅눅하
고, 사람들은 날마다 우울을 닮아간다.

　주말극을 보면서 신데렐라를 꿈꾸고, '코미디하우스'를 보면
서 허탈하게 웃는 걸 용서하라. 블랙코미디 같은 세상을 견디기
위해서는 흰 셔츠처럼 펄럭이는 수밖에. 하얗게 마음 비우고 푸
른 숲을 바라보다가, 비갠 뒤 하얗게 피어오르는 계곡 사이의 물
안개라도 닮고 싶다. '사라진 시간 사라진 사람'들을 호명하며 천
천히 숲의 한가운데로 스며들고 싶다.

그 강에 가고 싶다

김용택

그 강에 가고 싶다
사람이 없더라도 강물은 저 홀로 흐르고
사람이 없더라도 강물은 멀리 간다
인자는 나도
애가 타게 무엇을 기다리지 않을 때도 되었다
봄이 되어 꽃이 핀다고
금방 기뻐 웃을 일도 아니고
가을이 되어 잎이 진다고
산에서 눈길을 쉬이 거둘 일도 아니다

강가에서는 그저 물을 볼 일이요
가만가만 다가가서 물 깊이 산이 거기 늘 앉아 있고
이만큼 걸어 항상 물이 거기 흐른다
인자는 강가에 가지 않아도
산은 내 머리맡에 와 앉아 쉬었다가 저 혼자 가고
강물은 때로 나를 따라와 머물다가
멀리 간다

강에 가고 싶다
물이 산을 두고 가지 않고
산 또한 물을 두고 가지 않는다
그 산에 그 강
그 강에 가고 싶다

이 나라 산천이 예전 같지 않습니다. 어디든 예쁜 펜션이 들어섰고, 바닷가에도 노래방이 즐비합니다. 어디가 도시인지 어디가 시골인지 경계도 모호합니다. 고향 마을마다 실개천 사이로 들어선 아파트와 슈퍼마켓 때문에 옛 정취는 사라진 지 오래입니다. 보물을 찾듯 오지(奧地)로 숨어드는 휴가를 가고 싶습니다. 신문도 TV도 없고, 술집도 카페도 없는 그런 곳이 그립습니다. 포기하는 게 좋겠지요. 차라리 김유정의 소설을 읽거나, 옛날 영화나 한 편 보는 게 나을지도 모르지요.

　요즘 잘먹고 잘살기쯤으로 해석되는 웰빙이 유행입니다. 작디작은 산하(山河)를 있는 그대로 보존하는 일이야말로 웰빙의 첫 걸음이겠지요. '사람이 없더라도 저 홀로 흐르고/사람이 없더라도 멀리 가는 강물'을 우리 아이들에게 물려주고 싶습니다.

아무르 강가에서

박정대

그대 떠난 강가에서
나 노을처럼 한참을 저물었습니다
초저녁별들이 뜨기엔 아직 이른 시간이어서, 낮이
밤으로 몸 바꾸는 그 아득한 시간의 경계를
유목민처럼 오래 서성거렸습니다

그리움의 국경 그 허술한 말뚝을 넘어 반성도 없이
민가의 불빛들 또 함부로 일렁이며 돋아나고 발밑으로는
어둠이 조금씩 밀려와 채이고 있었습니다, 발밑의 어둠
내 머리 위의 어둠, 내 늑골에 첩첩이 쌓여 있는 어둠
내 몸에 불을 밝혀 스스로 한 그루 촛불나무로 타오르고
싶었습니다

그대 떠난 강가에서
그렇게 한참을 타오르다 보면 내 안의 돌멩이 하나
뜨겁게 달구어져 끝내는 내가 바라보는 어둠 속에
한 떨기 초저녁별로 피어날 것도 같았습니다

그러나 초저녁별들이 뜨기엔 아직 이른 시간이어서
야광나무 꽃잎들만 하얗게 돋아나던 이 지상의 저녁
정암사 적멸보궁 같은 한 채의 추억을 간직한 채
나 오래도록 아무르 강변을 서성거렸습니다
별빛을 향해 걷다가 어느덧 한 떨기 초저녁별로 피어나고
있었습니다

아무르강은 러시아와 중국, 몽골 등 3개국의 국경을 거치는 강이다. 시와 방랑은 어쩌면 동의어가 아닐까. 시인은 곧 방랑객인 셈이다. 비행기만 타면 세상 어디든지 가는 요즘이다. 시 속에서도 이제 지구의 뒤편을 만나는 건 어렵지 않다.

오늘 이 땅의 방랑객들은 인도로 가고, 네팔로 가고, 몽골로 간다. 갠지즈강에서부터 나일강까지, 히말라야에서 킬리만자로까지. 오랜 사유와 번뇌가 뚝뚝 묻어나는 진짜 시들을 쏟아낸다. 시인은 인간세계의 성감대 같은 존재가 아닐까. 어스름 저녁 가장 먼저 떠오르는 초저녁별 같은 시인들.

가시

정호승

지은 죄가 많아

흠뻑 비를 맞고 봉은사에 갔더니

내 몸에 꽃들이 피어나기 시작했다

손등에는 채송화가

무릎에는 제비꽃이 피어나기 시작하더니

야윈 내 젖가슴에는 장미가 피어나

뚝뚝 눈물을 흘리기 시작했다

장미같이 아름다운 꽃에 가시가 있다고 생각하지 말고

이토록 가시 많은 나무에

장미같이 아름다운 꽃이 피었다고 생각하라고

장미는 꽃에서 향기가 나는 게 아니라

가시에서 향기가 나는 것이라고

가장 날카로운 가시에서 가장 멀리 가는 향기가 난다고

장미는 시들지도 않고 자꾸자꾸 피어나

나는 봉은사 대웅전 처마 밑에 앉아

평생토록 내 가슴에 피눈물을 흘리게 한

가시를 힘껏 뽑아내려고 하다가

슬며시 그만두었다

붉디 붉은 장미들이 잊지 않고 피었다. 저 혼자서도 아름다운 들장미가 무리지어 피었으니 오월의 한때는 또 아프겠다. 장미 가시에 찔려 세상을 떠난 릴케가 생각나서 아프고, 넝쿨장미로 뒤덮인 동구밖으로 꽃상여에 실려 떠난 할매가 생각나서 아프고 아프겠다.

　'이토록 가시 많은 나무에/장미같이 아름다운 꽃이 피었다'고 생각하라는 시인의 말은 선홍빛 장미보다 붉다. 거리에 내걸렸던 연등이 걸린 자리에 또 한 떨기 장미가 피어날 것이다.

　이젠 알 것 같다. 사람들마다 가슴 한켠에 장미 가시를 촘촘하게 박고 산다는 걸. 생의 한순간마다 가슴을 콕콕 찌르며 하릴없이 눈물나게 한 비밀을. 해가 거듭되면서 붉디 붉은 장미가 갈수록 곱게 느껴진다. 내 안의 가시들이 꽃을 용서하기 시작한 것일 게다.

내가 던진 물수제비가 그대에게 건너갈 때

권혁웅

그날 내가 던진 물수제비가 그대에게 건너갈 때
물결이 물결을 불러 그대에게 먼저 가 닿았습니다
입술과 입술이 만나듯 물결과 물결이 만나
한 세상 열어 보일 듯했습니다
연한 세월을 흩어 날리는 파랑의 길을 따라
그대에게 건너갈 때 그대는 흔들렸던가요
그 물결 무늬를 가슴에 새겨 두었던가요

내가 던진 물수제비가 그대에게 건너갈 때
강물은 잠시 멈추어 제 몸을 열어 보였습니다
그대 역시 그처럼 열리리라 생각한 걸까요
공연히 들떠서 그대 마음 쪽으로 철벅거렸지만
어째서 수심은 몸으로만 겪는 걸까요

내가 던진 물수제비가 그대에게 건너갈 때
이 삶의 대안이 그대라 생각했던 마음은
오래 가지 못했습니다

없는 돌다리를 두들기며 건너던 나의 물수제비,

그대에게 닿지 못하고 쉽게 가라앉았지요

그 위로 세월이 흘렀구요

물결과 물결이 만나듯 우리는 흔들렸을 뿐입니다

어린시절 물찬 제비처럼 물수제비를 뜨는 친구들이 부러웠다. 둠벙 근처의 돌이 바닥날 때까지 던지고 또 던졌다. 땅거미가 져서 더이상 물수제비의 숫자를 셀 수 없을 때까지. 그렇게 물수제비를 떴던 아이들이 자라 청년이 된다. 어느 봄날, 여자친구 손잡고 강가로 나갈 것이다. 그리고 보여줄 것이다. 납작하게 빠진 '몸짱 돌멩이' 집어들고 멋지게 물수제비를 뜨는 모습을.

그리고 어느날, 그 여인과 결혼하여 낳은 아들이 제법 듬직해졌을 때 또 강가로 나갈 것이다. 게서, 어떻게 해야 멋지게 물수제비를 뜰 수 있는지 이론과 실제를 겸비한 강의를 할 것이다. 그때 이윽히 두 사람을 바라보는 아내는 생각하겠지. 아득하게만 느껴지는 그해 봄날을. 잡고 싶어도 다신 잡을 수 없는 '물결과 물결이 만나듯' 흔들렸던 순간을.

방을 얻다

나희덕

담양이나 평창 어디쯤 방을 얻어

다람쥐처럼 드나들고 싶어서

고즈넉한 마을만 보면 들어가 기웃거렸다.

지실마을 어느 집을 지나다

오래된 한옥 한 채와 새로 지은 별채 사이로

수더분한 꽃들이 피어있는 마당을 보았다.

나도 모르게 열린 대문 안으로 들어섰는데

아저씨는 숫돌에 낫을 갈고 있었고

아주머니는 밭에서 막 돌아온 듯 머릿수건이 촉촉했다.

—저어, 방을 한 칸 얻었으면 하는데요.

일주일에 두어번 와서 일할 공간이 필요해서요.

나는 조심스럽게 한옥쪽을 가리켰고

아주머니는 빙그레 웃으며 이렇게 대답했다.

—글씨, 아그들도 다 서울로 나가불고

우리는 별채서 지낸게로 안채가 비기는 해라우.

그라제만은 우리 이씨 집안의 내력이 짓든 데라서

맴으로는 지금도 쓰고 있단 말이요.

이 말을 듣는 순간 정갈한 마루와
마루 위에 앉아계신 저녁 햇살이 눈에 들어왔다.
세놓으라는 말도 못하고 돌아섰지만
그 부부는 알고 있을까,
빈방을 마음으로는 늘 쓰고 있다는 말속에
내가 이미 세들어 살기 시작했다는 것을.

도시든 농촌이든 이제 우리가 피할 땅은 없다. 온갖 문명의 찌꺼기들이 바라보는 곳마다 무장무장 널려 있다. 도시의 인심이 사납다지만 이제 심산유곡에 가도 정겨운 인심 만나기란 쉽지 않다. 농촌은 피폐할 대로 피폐했고, 어촌 역시 옛모습을 찾을 수 없다. 그래도 우리에게 사람은 희망이다. '집안 내력이 짓든 데라서 맴으로는 지금도 쓰고 있단 말이요.' 정말 환하다. 이럴 땐 삭막한 풍경조차도 슬금슬금 지워진다. 대륙에서 몰려오는 황사바람. 환한 사람들 앞에서는 그저 봄날의 훈풍일 뿐.

떠난 사람

정이진

오늘도 당신은
밀물처럼 다가왔다
썰물되어 사라집니다
언제나 당신을 향해 달려가는
내 마음은
빛보다 빨리 잡지를 못합니다
하기사 다시 오겠다고
약속을 한 것도 아니고
다시 와달라고 애원한 것은 더더욱 아니지만
당신을 향한 마음의 문은
항상 열려 있어 닫지 못합니다
밤 깊어 불빛 하나 둘 꺼지면
내 눈 가득 당신 어른거리고
날이 밝도록 오지 않는 당신은
긴 여울목에 달맞이꽃 되어 있습니다

사랑의 정서를 말로 표현할 때는 사뭇 유치하다. 이별 역시 그렇다. 사랑의 명시들이 어려운 낱말들로 가득 찬 걸 보았는가. 가령 어느 사랑고백을 '당신은 참 격조있고 품위가 있으십니다. 당신의 심오한 철학과 사려깊음을 사랑합니다' 했다고 치자. 어찌 사랑고백일 수 있겠는가.

시 속의 주인공 역시 오랜 기다림에 지쳐 있다. '하기사 다시 오겠다고/약속을 한 것'도 아닌데 '당신을 향한 마음의 문은/항상 열려 있어 닫지 못한다'니. 그 기다림은 기약이 없다.

드라마나 영화를 보면서 사뭇 유치해 보이는 사랑얘기에 눈물 흘리고 나면 때로 쑥스럽기도 하다. 무릇 사랑이란 그렇게 유치한 것이다. 모든 걸 다 주고도 아깝지 않은 게 사랑이다.

사랑이 어깨 위에

이응준

너의 어깨를 바라보면 눈이
시리다
너의 어깨 위로 비가 내리고 너의 어깨가
나의 눈동자 속을 걸으면 내 하루에는
너의 어깨를 적신 빗물이 가득하다 너의
어깨에 기대어 살아가다 보면 너의
어깨에는 함박눈이 내리고 천둥과 번개가 치는
여름이 푸르고 가을이 산처럼 쌓여 썩고
너의 어깨 뒤로 아침해가 일어나 저녁에는 검게
저문 들판이 되고 배고픔에 날개를 달아 추위에
깃을 치겠지 너의 어깨에는 해변으로 가는 길이
있고 해변을 지키는 달과 바람이 있고
외로운 집들이 있고 따뜻한 밥이 있고
눈이 멀도록 뒹구는 아이들이 있겠지 눈이 부신
너의 어깨는 겨울의 유방
만지기만 하면
어느새 꽃밭으로 변해버리는 너의 어깨는

너의 어깨는
비에 불타는 길

사람의 몸 중에서 어깨가 갖는 의미는 사뭇 크다. 한 CF에서 최민식이 어깨가 축 처진 친구에게 재롱을 부린다. 또 구멍가게 아저씨가 첫 출근하는 이웃집 총각의 어깨를 두드리는 CF장면도 인상적이다. 그뿐이 아니다. 뒷골목 건달들을 어깨라고 부르기도 한다. 이처럼 어깨는 표정을 갖고 있고, 한 사람의 이력이 담겨 있다.
 남자에게 있어서 여성의 어깨는 관조의 대상이다. 좁고 갸름한 어깨는 동양적인 미인의 상징이다. 내친 김에 과장하자면 어깨의 각도는 실물경기의 바로미터가 아닐까. 거리를 지나는 이들의 어깨가 한결같이 축 처진 느낌을 받는다. 저 많은 이들이 어깨를 펴고 당당하게 걷는 걸 보고 싶다.

작은 고통의 노래

홍신선

내 죽은 뒤
죽어서 무겁던 육괴(肉塊) 다 벗은 뒤에도
내가 너를 사랑하던
마음 하나만은
다시
꺼진 연탄재들 서먹서먹 넋 빼고 쌓여 있는
그때 그 광화문(光化門) 골목들로
싸락눈 몇이 아픈 몸 마지막으로 깨뜨리던
그때 그 茶집 문턱가로
어슬렁거릴 것이니

내가 부르면
대답하리라
오오냐 오오냐
땅 위를 침묵하는 모든 것들로
따끔따끔 뼈를 끊듯이 애를 끊듯이
대답하리라

안 보이는

환한 꿈과 고통을 살 속에 넣고 사는

북위 37.5도 동경 127도의 서울로 나 살아서

대답하리라.

안개 자욱한 새벽, 비 내리는 저녁에도 누군가는 세상을 뜬다. 그와 교유했던 이들은 죽음 앞에서 망연자실한다. 죽음이 가슴 아픈 건 사랑이라는 애틋함 때문이다. 내가 널 사랑하고 네가 날 사랑한 그 순간이 영원하기를 바랐지만 죽음이 그들을 갈라놓기에…. 슬픔이 깊어지면 거름이 된다 했다. 그 거름의 힘으로 우리는 넉넉히 한 세상 버티다가 누군가의 전송을 받으며 세상을 뜬다.

사람들은 이 땅을 너무도 사랑하고 너무도 증오한다. 이 나라 사람들처럼 뜨겁게 사랑하고 서슬퍼렇게 증오하는 사람들은 어디에도 없다. '북위 37.5도 동경 127도의 서울'. 그래서 늘 들끓는 용광로다. 죽음조차도 기가 질려 비켜가는 뜨거운 한반도.

천리향 사태

박규리

글쎄 웬 아리동동한 냄새가 절집을 진동하여

차마 잠 못들고 뒤척이다가

어젯밤 산행(山行) 온 젊은 여자 둘

대체 그중 누가 나와 내 방 앞을 서성이나

젊은 사미승 참다못해 문을 여니

법당 뒤로 언뜻 검은 머리 숨는 게 아닌가

콩당콩당 뛰는 가슴 허리춤에 잡아내리고

살금살금 법당 뒤로 뒤꿈치 들고 접어드니

바람처럼 돌담 밑으로 스며드는 아,

참을 수 없는……내……음……오호라 거기라고,

거기서 기다린다고 이번에는

헛기침으로 짐짓 기별까지 놓았는데

이 환. 장. 할. 봄날 밤, 버선꽃 가지 뒤로

그예 숨어 사라지다니, 기왕 이렇게 된 걸

피차 마음 다 홀린 걸

밤새 동쪽 종각에서 서쪽 아래 토굴까지

남몰래 돌고 돌다가 저 아래 대밭까지 돌고 돌다가 새

벽 도량석 칠 때까지 돌고 돌다가 온 산 다 깨도록 돌고
돌다가 이제 오도가도 못해서 홀로 돌고 돌다가……천
리향, 천리향이었다니……눈물 핑 돌아서

눈 들어 산을 보니 나무들이 일제히 환한 불 밝혔다. 터진 봄눈마다 붉은등, 푸른등, 연둣빛등(燈)까지 지천으로 켜졌다. 지난 겨울 크리스마스 트리가 되어 서 있던 도심의 나무들도 더이상 꼬마 전구가 필요없다며 아우성이다. 곧 천지 사방 푸른빛이 동학군처럼 몰려올 것이다. '아리동동한 (여인의) 냄새'에 '젊은 사미승'이 홀린들 누굴 탓하랴. '산행 온 젊은 여자'가 '헛기침으로 짐짓 기별'까지 놓은들 뭐 그리 대수랴. 이제 곧 '환장할 봄날 밤'이 올 터인데.

그대여, 봄밤은 짧다. 아지랑이 잠깐 피고 지면 그뿐인 봄. '천리향'에 홀려 새벽 이슬에 바짓가랑이 적시면서 꽃그늘로 숨어들던 그해 봄의 추억, 다시 한번 펼쳐 보면 눈물 핑 돌겠지.

매우 시적인 배열

성미정

어느날 문득 책꽂이에 꽂힌 시집을 보니

밝은 방 우리를 적시는 마지막 꿈
아니다 그렇지 않다 크낙산의 마음 좀팽이처럼
물길 아니리 내 무덤 푸르고
모자 속의 시들 잠언집 고슴도치의 마을
세속도시의 즐거움 어떻게 밖으로 나갈까

매우 시적인 배열
길다랗고 펜 같은 손을 가진
그를 칭찬했더니 아니다 그렇지 않다
이삿짐 센터의 직원이 임의대로
꽂았을 뿐이라고

밝은 방에서
이 경우 누가 시인인가
무의식적으로 꽂았을 뿐인데도

매우 시적인 배열을 보여준
이삿짐 센터의 직원인가
매우 시적인 배열을 눈치챈 이가 시인인가
이삿짐 센터의 직원의 존재를
알려준 그가 시인인가

어떻게 밖으로 나갈까
이 매우 시적인 배열로부터

마음이 스산해질 때면 옛날 시집을 들춰보라. 한때 열렬히 사랑했던 시집이라면 좋으리라. 누군가로부터 선물 받으면서 가슴 두근거렸던 추억을 품고 있는 시집이라면 더더욱 좋다. 이젠 빛바래서 누렇게 변색된 시집에서 장미향도 나고 라일락 향도 난다. 어떤 시집에서는 최루탄 향기도 날 것이다. 운이 좋다면 그의 하얀 손과 얼굴에서 풍기던 다이알비누 향도 맡을 수 있을 것이다. 어디로 갔을까? 최루탄으로 눈물 범벅이 돼서도 환하게 웃으며 '나는 자유하리라' 외쳤던 한 마리 새, 새를 닮았던 그는.

사람이 그리운 날, 사랑하다가 죽어버려라. 안 보이는 사랑의 나라, 나는 별아저씨다. 책꽂이에 꽂힌 시집을 보니, 시적인 배열 같기도 하고, 아닌 것 같기도 하고.

잘 모르겠다. 나의 시적인 둔함이 곧 세상에 대한 둔감함임을 이제야 알겠다.

문화결정론–아내1

장정임

아직도 이 나라 사내의 절반은 돌아오지 않았다

살아온 자는 환락의 주막에 정착했다는 바람 소식뿐

아내들은 하염없이 기다린다 창가에서

일리어드 오딧세이보다 더 긴 세월을

주해의 해협에서 표류하고

살아온 자는 사이렌의 노래에 병들어

병든 사내를 거두는 것은 아내들의 몫이다

스핑크스의 수수께끼를 푼

어느 미모의 청년도

이 여인들을 꼬여내지 못한다

돌아온 남편은

두엄냄새를 풍기며 고꾸라지고

티비에선 환상의 속옷 선전이

동시 개봉되고

머리 속 영사기엔

사는 걱정이 눈보라치고

사내들은 밤새

우뢰 같은 파도소리로 잠든다

우리가 사는 도시에는 가정을 파괴하려는 것들로 가득하다. 술들은 거리마다 넘쳐나고, 노랫소리 역시 끊이지 않는다. 불 켜진 아파트 창가에서 '아내들은 하염없이 기다린다'. 그녀들은 가끔 소금기둥이 되기도 하고, 심장이 까맣게 타서 한줌 재로 스러지기도 한다. '두엄냄새 풍기며 고꾸라지는' 사내들의 등짝은 또 얼마나 쓸쓸한가. 하루종일 잡초처럼 짓밟히다가 밤이 이슥해지면 술 한잔으로 영혼을 씻으러 나가는 이땅의 사내들. '우뢰 같은 파도소리'로 잠자다가 이른 새벽이면 점잖게 넥타이를 매고 씽씽거리며 출근한다.

남편이라는 이름에 대한 원망도, 아내라는 이름에 대한 안타까움도 사라졌으면 좋겠다. 넘쳐나는 술집과 사우나 대신 공원이 더 많이 들어서는 도시는 정녕 꿈인가.

바다횟집

김경주

그 집은 바다를 분양 받아 사람들을 기다린다
싱싱한 물살만을 골라 뼈를 발라 놓고
일년 내 등 푸른 수평선을
별미로 내놓는다
손님이 없는 날엔 주인이
바다의 서랍을 열고
갈매기를 빼 날리며 마루에 앉아
발톱을 깎기도 하는, 여기엔
국물이 시원한 노을이
매일 물 위로 건져 올려지고
젓가락으로 집어먹기 좋은 푸른 알들이
생선을 열면 꽉 차 있기도 한다
밤새 별빛이 아가미를 열었다 닫았다 하는
그물보다 촘촘한 밤이 되어도 주인은
바다의 플러그를 뽑지 않고
방안으로 불러들여
세월과 다투지 않고

나란히 살아가는 법을 이야기한다

깐 마늘처럼 둘러앉아

사발 가득 맑은 물빛들을 주고 받는다

문득 바다에게 전화하고 싶다. '등푸른 수평선'과 '국물이 시원한 노을'을 보내 달라고. 그걸 안주 삼아 푸른 소주병들을 쓰러뜨리고 싶다. 오랜 친구와 마주앉아 '세월과 다투지 않고/나란히 살아가는 법'에 대해 얘기하고 싶다.

　새벽바다에서 잡아올린 싱싱한 생선이 저녁이면 도심횟집의 식탁 위에 오르는 요즘이다. 서울 어디를 가나 '바다횟집'도 있고 '해변횟집'도 많다. 그래도 채워지지 않는 허기처럼 바닷가 어디쯤의 허름한 횟집이 그립다. 회 맛이야 매양 한 가지겠지만 거긴 요동치는 바다와 흰 백사장, 허기진 배를 채우러 날아오르는 갈매기들이 있으니.

喪家에 모인 구두들

유홍준

저녁 喪家에 구두들이 모인다

아무리 단정히 벗어놓아도

문상을 하고 나면 흐트러져 있는 신발들

젠장, 구두가 구두를

짓밟는 게 삶이다

밟히지 않는 건 亡者의 신발뿐이다

정리가 되지 않는 喪家의 구두들이여

저건 네 구두고

저건 네 슬리퍼야

돼지고기 삶는 마당가에

어울리지 않는 화환 몇 개 세워놓고

봉투 받아라 봉투,

화투짝처럼 배를 까뒤집는 구두들

밤 깊어 헐렁한 구두 하나 아무렇게나 꿰 신고

담장가에 가서 오줌을 누면, 보인다

北天에 새로 생긴 신발자리 별 몇 개

'죽음'은 벗어놓은 양말짝처럼 초라하다. 지상의 모든 것들을 벗어놓고 맨발로 떠나는 마지막 길. 폭력과 광기의 생 앞에서 흔들리던 사람들은 비로소 '죽음'으로 평등해진다. 죽은 자의 의지와 상관없이 살아있는 사람들이 喪家로 모인다. '구두가 구두를 짓밟는 게 삶'이라고 생각하는 사람들이 죽음을 잊고 화투짝을 뒤집는다. 상가에 놓인 화환과 구두 몇 켤레의 무게로 亡者의 전 생애를 헤아린다.

죽음은 잊혀짐으로써 비로소 완성된다. '담장에 가서 오줌 한 번' 누고 돌아서면 그만인 지상에서의 인연들. 하여, '북천에 새로 생긴 신발자리 별 몇 개'로 떠오르면 물끄러미 바라보는 산 자와 죽은 자의 거리.

봄날은 간다

이승훈

낯선 도시 노래방에서 봄날은 간다 당신과 함께 봄날은 간다 달이 뜬 새벽

네시 당신이 부르는 노래를 들으며 봄날은 간다 맥주를 마시며 봄날은 간다

서울은 머얼다 손님 없는 노래방에서 봄날은 간다 달이 뜬 거리도 간다 술에

취한 봄날은 간다 안개도 가고 왕십리도 가고 노래방도 간다 서울은 머얼다

당신은 가깝다 내 목에 두른 마후라도 간다 기차는 가지 않는다 나도 가지

않는다 봄날은 가고 당신은 가지 않는다 연분홍 치마가 봄바람에 휘날리더라

해가 뜨면 같이 웃고 해가 지면 같이 울던 봄날은 간다 바람만 부는 봄날은 간다

글쟁이, 대학교수, 만성 떠돌이, 봄날은 간다 머리를 염색한 우울한 이론가,

봄날은 간다 당신은 남고 봄날은 간다 연분홍 치마가 봄바

람에 휘날리더라

　새파란 풀잎이 물에 떠서 흘러 가더라

'연분홍 치마가 봄바람에 휘날리더라. 오늘도 옷고름 씹어가며 산제비 넘나드는 성황당 길에 꽃이 피면 같이 웃고 꽃이 지면 같이 울던 알뜰한 그 맹세에 봄날은 간다'

왕년의 명가수 백설희씨가 부른 노래 '봄날은 간다'가 한 시 전문지의 설문에서 시인들이 꼽은 최고의 노래에 뽑혔다. 도대체 이 노래가 시인들의 감성을 자극한 이유가 뭘까. 우선 이 노래는 그 처연함과 나른함에 한번 빠지면 헤어나기 힘든 마성을 가지고 있다. 게다가 '가는 봄'이 주는 쓸쓸함은 감성이 풍부한 시인들을 흔들기에 모자람이 없다. '가는 봄'은 멀어져가는 연인의 뒷모습이기도 하고, 나이 들어감에 대한 아쉬움이기도 하다. 지는 꽃은 또 얼마나 허망한가.

그립고 그립다. 십수 년 전 어느해 늦봄. 선창가 어느 선술집 연탄화덕 앞에서 듣던 처연한 노래. 젓가락 한 손에 잡고 구성지게 노래 부르다가 끝내 눈물을 보이고 말았던 주모가 문득 보고싶다.

나는 생이라는 말을 얼마나 사랑했던가

이기철

없던 풀들이 새로 돋고
안 보이던 꽃들이 세상을 채운다
아, 나는 생이라는 말을 얼마나 사랑했던가
삶보다는 훨씬 푸르고 생생한 생
그러나 지상의 모든 것은 한 번은 생을 떠난다
저 지붕들, 얼마나 하늘로 올라가고 싶었을까
이 흙먼지 밟고 짐승들, 병아리들 다 떠날 때까지
병을 사랑하자, 병이 생이다

'없던 풀들이 새로 돋고, 안 보이던 꽃들이 세상을 채우는' 요즘이다. 우울을 무기로 삼는 사람이라도 '삶보다는 훨씬 푸르고 생생한 생'에 감동하고 싶은 계절이다. 개나리와 목련이 지면 진달래와 라일락이 피고, 또 아카시아가 천지를 뒤덮는 아름다운 땅에 우리는 살고 있다.

　이쯤되면 '사람이 꽃보다 아름답다'는 말에 동의하고 싶지 않다. 사람도 꽃처럼 아름답다면 좋겠다고 생각한다. '지상의 모든 것들은 한 번은 생을 떠난다'고 시인은 말한다. 그러나 오늘 떠난 저 개나리와 목련은 내년 봄이면 어김없이 세상을 채우러 돌아온다. 사람은 어떤가. 한 번 떠나면 돌아올 수 없다. 그것이 사람이 꽃보다 아름다워야 할 이유다.

쥐오줌풀

김춘수

하느님,
나보다 먼저 가신 하느님,
오늘 해질녘
다시 한 번 눈 떴다 눈 감는
하느님,
저만치 신발 두짝 가지런히 벗어놓고
어쩌노 멱감은 까치처럼
맨발로 울고 가신
하느님, 그
하느님

노시인의 '내공'을 실감할 수 있는 시다. '쥐오줌풀'이라는 시 제목만을 보면 자연과 서정을 노래한 시쯤으로 치부할 수 있다. 그런데 느닷없이 하느님이다. 노시인이 펼쳐보이는 '낯설게 하기'가 돋보이는 대목이다. 시는 '낯설게 하기'라 하지 않았던가. 쥐오줌풀과 시인 김춘수, 맨발로 울고 가신 하느님으로 이어지는 화법이 탁월하다.

긴 생의 해질녘쯤에 서 있는 노시인의 정원에도 봄꽃이 피었으리라. '내가 그의 이름을 불러주었을 때/그는 나에게로 와서/꽃이 되었다'고 노래했던 젊은 시인 김춘수와 지금의 노시인, 그 사이의 거리. 곱고 서럽다.

노시인의 뜨락에 무진장 곱고 고운 꽃이 피었으면 좋겠다. 만발한 꽃들이 섬섬옥수를 가진 봄처녀처럼 사뿐사뿐 그에게로 걸어 갔으면 좋겠다. 시인의 너른 품에서 '잊혀지지 않는 하나의 눈짓'이 되었으면 좋겠다.

55

개나리

강우식

휴대폰으로 사랑해
내 꿈 꿔는 하지
않겠지요.

이 봄엔 어딜 가나
노오란 입내 풍기는
개나리꽃

받고 싶은 것이 있다고
주고 싶은 것이 있다고
광고하지는 않겠지요.

나는 이미 늙어서
봄바람에 사정없이
입술이 터
휘파람도 아프니까요.

폭설이 내리고 꽃샘추위가 맹위를 떨쳤어도 끝내 오고야 말았다. 꽃이라 부를 겨를도 없이 꽃으로 피는… 죽은 나무 사이에서 피어난 노란 산수유와 화사한 매화가 상처로 얼룩졌던 산하를 뒤덮었다. 나이도 잊고 세월도 잊은 늘 열아홉 같은 꽃들이 화사하다.

　'노오란 입내 풍기는' 개나리들이 오랑캐처럼 밀려온다. 거기 '나는 이미 늙어서'라고 고백하는 노시인이 서 있다. '봄바람에 사정없이 입술이 터 휘파람도 아프다'고 고백하는 그분의 저릿한 심성이 눈에 선하다. 누군가가 말했다. 이 세상 흔들리지 않고 피는 꽃이 어디 있냐고. 그렇다. 저 지천으로 피는 꽃에 흔들리지 않을 이 또 어디 있겠는가.

　봄날 내 가슴 속에서 꿈틀거리는 내밀한 꿈 한 송이. 당신과 함께 봄꽃에 중독되어 앰불런스에 실려가고 싶다.

헌화가

이홍섭

당신에게 바칠 꽃이 다 떨어지면
여기와 일박할지도 모르겠습니다
밤새 절벽에 부딪히는 파도소리 듣다
아침이 오면 절벽 아래로 꽃처럼 피어날지도

당신에게 바칠 꽃이 다 떨어지면
깨끗이 저를 잊어주시길 바랍니다
내 마음 알 때쯤이면 당신도 정처 없이 이곳으로 흘러와
절벽 아래를 내려다보게 될지도 모르니까요

꽃을 꺾어다 바칠 사람 어디 없나요? 수로부인이 말했다. 천길 낭떠러지 위에 무성히 핀 철쭉꽃, 모두들 불가능하다며 물러섰다. 그때 지나던 노인이 선뜻 나섰다. '자줏빛 바윗가에／잡은 암소 놓게 하시고／나를 부끄러워하지 않을진댄／제 꽃 꺾어 바치오리다'. 그 유명한 '헌화가'다. 봄날 이 나라 어디든 온통 꽃이다. 사랑을 하려거든 여기쯤에서 시작해보라. 손 뻗으면 어디든 꽃 아닌가.

그러나 그대여. 사랑은 늘 그런 것이다. 한 사람이 쫓아가면 또 한 사람은 도망가고. 잡힐 듯하면서도 잡히지 않고. 그래도 그대여. 천길 벼랑끝에 있는 꽃이라도 따겠다는 의지가 있다면 도망갈 사랑이 어디 있으랴. 잡히지 않을 사랑이 또 어디 있으랴.

기억

문정희

지금도 그 이유를 모르지만

젊은 시절에도 나는 젊지 않았어

때때로 날은 흐리고

저녁이면 쓸쓸한 어둠뿐이었지

짐 실은 소처럼 숨을 헐떡였어

그 무게의 이름이 삶이라는 것을 알 뿐

아침을 음악으로 열어보아도

사냥꾼처럼 쫓고 쫓기다 하루가 가고

그 끝 어디에도 멧돼지는 없었어

생각하니 나를 낳은 건 어머니가 아니었는지도 몰라

어머니가 생명과 함께

알 수 없는 검은 씨앗을 주실 줄은 몰랐어

지금도 그 이유를 모르지만

젊은 시절에도 늘 펄펄 끓는 슬픔이 있었어

슬픔을 발로 차며 거리를 쏘다녔어

그 푸르고 싱싱한 순간을

함부로 돌멩이처럼

지나고 보면 그때가 '푸르고 싱싱한 순간'이었음을 안다. 그러나 젊음의 한때는 대부분 고통스럽다. 슬픔을 발로 차며 거리를 쏘다니고 저녁이면 쓸쓸한 어둠뿐이어서 늘 괴롭다. 아, 한심한 내 청춘. 세상은 절벽처럼 버티고 서 있는데 욕망은 웃자라서 갈 곳 몰라 서성인다. 출구 없는 젊음이 어서 빨리 지나갔으면….

그래도 그 젊음을 한없이 부러워하는 이들이 많다는 걸 기억하시길. 버스정류장에서 꼭 끌어안고 작별의 키스를 하는, 인라인 스케이트를 타면서 멋진 묘기를 연출하는, 암벽을 거침없이 오르는 청춘들. 함부로 돌멩이처럼 걷어차면서 젊음을 학대하지 말 일이다. 펄펄 끓는 슬픔을 무기 삼아 세상 밖으로 나가보라. 때론 슬픔도 힘이 된다.

안 보이는 사랑

송재학

강물이 하구에서 잠시 머물듯
어떤 눈물은 내 그리움에 얹히는데
너의 눈물을 어디서 찾을까
정향나무와 이마 맞대면
너 웃는 데까지 피돌기가 뛸까
앞이 안 보이는 청맹과니처럼
너의 길은 내가 다시 걸어야 할 길
내 눈동자에 벌써 정향나무 잎이 돋았네
감을 수 없는 눈을 가진 잎새들이
못박이듯 움직이지 않는 나를 점자처럼 만지고
또다른 잎새들 깨우면서 자꾸만 뒤척인다네
나도 너에게 매달린 잎새였는데
나뭇잎만큼 많은 너는
나뭇잎의 不滅을 약속했었지
너가 오는 걸 안 보이는 사람이 먼저 알고
점점 물소리 높아지네

정향나무는 향기가 매우 짙습니다. 사랑도 안 보이는 사랑이 향기가 더 짙은 게 아닐까요. 우린 보이는 사랑에만 집착하고 살아갑니다. 매일 사랑한다고 얘기하지 않아도 깊은 사랑이 세상에 얼마든지 있습니다.

오랜만에 상경하신 어머니와 함께 잠든 새벽, 어느새 같이 늙어가는 아들을 이윽히 바라보십니다. 이불을 당겨 덮어주십니다. 어머니의 손길에서 정향나무 향기가 그윽하게 번집니다. 안 보이는 사랑이 눈물겹습니다.

한 파도가 또다른 파도를 밀어내듯 세상의 시간들은 모래톱처럼 쓸려 포말 속으로 사라집니다. 그래도 믿습니다. 안 보이는 사랑이 세상을 든든히 받혀주고 있다는 걸. 하여, 우리가 험한 세상 넉넉히 견디고 있다는 것을.

비 맞는 여인숙

이용한

그대 없는 별에서 오늘도

숙박계를 쓰고

지나친 추억과 일박한다

이번 세상은 너무 가혹해!

티끌 속을 날아다니는 것도 힘들군!

그 옛날 토벌대를 피해

개마고원을 타박타박 넘는 것만큼이나

더 이상 쫓기지 않아도 되고

더 이상 부양할 가족도 없는데,

나는 왜 아직도 사춘기처럼 아픈가

나는 왜 자꾸만 속초 앞바다가 그리운가

이 비 맞는 여인숙에서

밤이면 독감처럼 파고드는……,

엽서만한 그리움

아직도 추억의 뒷골목을 윤회하는

지구의 악몽

그 옛날 강원도에서의 내 꿈은 우편배달부였던가

그대 집 앞에 걸려 있던 낡은 우편함
끝내 편지 한 장 전하지 못하고
이렇게 나―, 느티나무처럼 늙어서
흐릿한 눈 속을 뒤덮는
커다란 적막,
이 쓸쓸한 유배지에서
다 끝난 망명정부처럼 나는 웃고 있네.

여인숙은 느낌부터가 쓸쓸하다. 여관이나 모텔, 호텔도 아닌 여인숙이라니. 바닷가 어디쯤이거나, 간이역 앞 뒷골목 어디쯤 늙고 초라하게 누워 있던…. 5촉짜리 꼬마전구와 나이롱이불, 베니어합판으로 막아놓은 칸막이가 있는 스산한 풍경들. 청춘의 한때 한없이 떠돌고 싶었던 그 시절, 밤의 유배지 같은 여인숙을 찾아들던 기억이 새롭다.

밤새 빗소리는 양철지붕을 때리고 옆방에서는 나그네의 마른 기침소리가 끊이지 않았다. 설핏 잠든 신새벽 두런두런 속삭이는 연인들의 속삭임에 잠이 깨기도 했다. 끝내 편지 한통 전하지 못했지만… 아, 지금도 그리운 여인숙.

새벽시장
— 순천역전 어시장

이덕수

노점에 걸친
짱둥어 아가리
쉬지 않고 옹알옹알
할망구 쉰 젖 빨고 싶단다
함지박을 벗어나고 싶은 고동들은
바다 밖 서러운 민물을 핥아보며
휘모리 장단에 빠져든다
여편네 월남치마를 밟아가며
졸졸 따르는 사내 손에는
산 갯장어 한 묶음이
햇살을 삼키며 묵언 중
아침해가 장 마당으로 내려앉자
바다고기들이 소리소리 지른다
싱싱한 생선 사세요.

사는 일에 지쳤을 땐 새벽시장에 가볼 일이다. 어시장도 좋고 청과물시장도 좋다. 그곳엔 아침 해보다 먼저 눈뜨는 사람들이 있다. 그들이 펼쳐놓은 생기 넘치는 좌판들이 있다. 애시당초 '아침형 인간'이었지만 그런 단어조차 모르는 사람들. 그들의 풋풋함으로 하여 잠시 행복할 것이다. 물 좋은 생선과 싱싱한 채소들이 지친 당신에게 생기(生氣)를 줄 것이다.

그곳에서 '할망구 쉰 젖 빨고 싶다며 쉬지 않고 옹알대는 짱뚱어 한 마리' 사들고 집으로 돌아가자. 잠든 연인이 깨기 전에 얼른 한 매운탕 끓여 아침식탁을 준비해보라.

이럴 땐 상상만으로도 뿌듯하지 않은가.

그리운 바다 성산포
— 바다를 본다

이생진

성산포(城山浦)에서는
교장도 바다를 보고
지서장도 바다를 본다
부엌으로 들어온 바다가
아내랑 나갔는데
냉큼 돌아오지 않는다
다락문을 열고 먹을 것을
찾다가도
손이 풍덩 바다에 빠진다

성산포에서는
한 마리의 소도 빼놓지 않고
바다를 본다
한 마리의 들쥐가
구멍을 빠져나와 다시
구멍으로 들어가기 전에
잠깐 바다를 본다

평생 보고만 사는 내 주제를

성산포에서는

바다가 나를 더 많이 본다

그렇다. 여행 중에 만난 어디쯤에서 시 한구절 떠올리는 건 얼마나 따뜻한 일인가. 제주에 가면 으레 일출을 보러 찾는 곳, 성산포다. 아니 성산 일출봉이다.

그곳에서 '성산포의 시인 이생진'은 언제나 시인들 중 맨 앞자리에 있다. 선운사에 가면 서정주가 있고, 사평역에 가면 곽재구가 있듯이 말이다. 그쯤 되면 시를 쓴 시인이나, 시를 떠올리는 나그네까지 행복하다. 바다랑 손잡고 나간 아내가 냉큼 돌아오지 않는 건 필시 바다와 정분이 난 게다. 매일 바다를 보는 교장은 얼마나 마음이 넓은 선생님일까, 지서장은 혹 도둑을 잡고도 그냥 놔줘서 문제가 되곤 하지 않을까. 구멍으로 들어가기 전에 바다를 보던 들쥐는 지금쯤 시인이나 철학자가 돼 있으리라.

이 봄, 소잔등에 훌쩍 올라타서 그리운 성산포 푸른 바닷가를 뚜벅뚜벅 걷고 싶다. 달의 긴 그림자 따라 바닷물이 몇번씩 들고 나면 어떠랴. 막 찾아온 봄이 다 가면 또 어떠랴. 그리운 바다 성산포라면.

초승달 아래

전동균

떠돌고 떠돌다가 여기까지 왔는데요
저문 등명 바다 어찌 이리 순한지
솔밭 앞에 들어온 물결들은
솔방울 떨어지는 소리까지,
솔방울 속에 앉아 있는
민박집 밥 끓는 소리까지 다 들려주는데요
그 소리 끊어진 자리에서
새파란, 귀가 새파란 적막을 안고
초승달이 돋았는데요

막버스가 왔습니다 헐렁한 스웨터를 입은 여자가 내려,
강릉場에서 산 플라스틱 그릇을 딸그락 딸그락거리며 내
앞을 지나갑니다

어디 갈 데 없으면, 차라리
살림이나 차리자는 듯

드라마로 유명해진 강릉 정동진 근처에 '등명(燈明)'이 있단
다. 해수욕장도 있고 바다도 있다 했다. 어쩌면 그냥 시 속의 잔상
으로 남겨놔야 더 아름다울 것 같은 어촌마을. 지치고 피곤할 때
등명의 밤바다를 떠올리며 감성의 심지나 돋우면 좋을…. 그래도
한 번쯤 꼭 가보고 싶은 건 '헐렁한 스웨터 입은 여자' 때문이다.
'어디 갈 데 없으면, 차라리/살림이나 차리자는 듯' 플라스틱 그
릇을 딸그락거리며 지나가는….

　길 위에서 만난 그녀와 첫눈에 반해 살림을 차릴 수 있다면….
초승달이 걸리는 저녁 바닷가 어디쯤 단칸방이면 어떠랴. 순한 바
다처럼 부드러운 그녀와 달빛 아래서 흥건하게 젖고 싶다. 그 어
느날, 삶에 지친 그녀가 플라스틱 그릇 날리며 악다구니를 쓴다
해도.

민박

권대웅

반달만한 집과
무릎만한 키의 굴뚝 아래
쌀을 씻고 찌개를 끓이며
이 세상에 여행 온 나는 지금
민박중입니다
때로 슬픔이 밀려오면
바람 소리려니 하고 창문을 닫고
알 수 없는 쓸쓸함에 명치끝이 아파오면
너무 많은 곳을 돌아다녀서 그러려니 생각하며
낮은 천장의 불을 끕니다
나뭇가지 사이에서 잠시 머물다 가는
손톱만한 저 달과 별
내 굴뚝과 지붕을 지나 또 어디로 가는지
나뭇잎 같은 이불을 끌어당기며
오늘밤도 꿈속으로 민박하러 갑니다

'나 하늘로 돌아가리라/아름다운 이 세상 소풍 끝내는 날/가서, 아름다웠더라고 말하리라'. —천상병의 '귀천(歸天)' 일부.

어디 시인들뿐이랴. 세상 많은 사람들이 이 세상에 소풍왔거나 여행 중이라고 생각하지 않을까. 지상의 방 한 칸 빌려 살거나, 으리으리한 저택에 살고 있다 하더라도 결국 이 세상으로 여행 온 똑같은 손님일 뿐이다.

짧게만 느껴지는 여행길이 즐겁기 위해서는 함께 떠날 친구들을 잘 만나야 하는 법. 게으르지 않은 친구는 더 많은 것들을 보게 해줄 것이고, 아는 게 많은 친구는 많은 것들을 설명해줄 것이다. 그래도 가장 좋은 친구는 '알 수 없는 쓸쓸함에 명치끝이 아파 올' 때마다 위로해줄 수 있는 친구이리라.

물봉선의 고백

이원규

내 이름은 물봉선입니다
그대가 칠선계곡의 소슬바람으로 다가오면
나는야 버선발, 버선발의 물봉선

그대가 백무동의 산안개로 내리면
나는야 속눈썹에 이슬이 맺힌 산처녀가 되고

실상사의 새벽예불 소리로 오면
졸다깨어 합장하는 아직 어린 행자승이 됩니다

하지만 그대가
풍문 속의 포크레인으로 다가오고
소문 속의 레미콘으로 달려오면
나는야 잽싸게 꽃씨를 퍼뜨리며
차라리 동반 자살을 꿈꾸는 독초 아닌 독초

날 건드리지 마세요

나비들이 날아와 잠시 어우르고 가듯이
휘파람이나 불며 그냥 가세요

행여 그대가
딴 마음을 먹을까봐
댐의 이름으로 올까봐
내가 먼저
손톱 발톱에 봉숭아물을 들이며
맹세를 합니다 첫눈을 기다립니다

내 이름은 물봉선

여전히 젖은 맨발의 물봉숭아 꽃입니다

어느날 내가 지리산 등성 어디쯤서 예쁜 반달곰과 딱 눈이 맞는다면…. 두말없이 마늘 몇 쪽 갖고 동굴 속으로 들어가 녀석과 살림 차리고 싶다. 어느날 또 내가 지리산 계곡 어디쯤서 날다람쥐 한 마리 만난다면 녀석과 쳇바퀴 굴리듯 한세상 돌고돌고 싶다. 지리산 그 너른 품에서는 사람조차도 한 그루 나무다. 미물들은 어엿한 사람이다. 네편 내편도 없이 그냥 어우러져 한세상 참 환하게 살아간다. 어느날 우리가 세상을 등진 뒤에도 좀더 넉넉해진 지리산이 우리네 자식들을 또 반갑게 맞을 것이니…. 이 또한 가슴 벅찬 일이 아닌가.

강어부네 집

장대송

강에 나간 어부네 집 푸른 함석지붕에 눈이 소복하다

할멈과 손주가 싸워대는 소리에 내리던 눈들이 놀라 공중
으로 튀어오른다

싸우다 지친 할멈이 마루로 나와 쌈지에 넣어두었던 양귀
비 열매를 씹는다

광란 일어났던 아랫배가 따스해져간다

함석지붕 쌓인 눈이 녹아내린다

'엄마가 섬그늘에 굴 따러 가면/아기가 혼자 남아 집을 보다
가…'. 사람이든 집이든 홀로 있는 풍경에선 가슴 저미는 연민이
느껴진다. 외딴 섬, 외톨이, 외딴 집 등 그냥 말만으로도 외롭다.

시인 정현종은 '사람들 속에 섬이 있다/그 섬에 가고 싶다'고
했다. 흑인작가 제임스 앨런 맥퍼슨은 '모두가 외로운 사람들'
(All the Lonely People)이라는 단편을 발표한 적이 있다. 사람들
사이에 있어도 외롭고 외롭다는 저 많은 사람들.

한 번쯤 외로운 풍경 속에 오래도록 던져지고 싶은 충동을 느
낀다. 그냥, 아다지오 풍으로 살고 싶다. '느림'이 현대인들의 화
두가 되고 있는 것도 그런 맥락이 아닐까. 철저하게 혼자가 되면
결코 외롭지 않으리라는 확신이 든다.

생명, 눈물

원재훈

눈물은 발바닥에서부터
치고 올라오는 작은 물고기떼이다
보라 저 장엄한 노을 속에 헤엄치는 눈물떼들을
강을 만들어 흘려보내는 생명의 박동소리를

눈물은 태어나는 것이다
눈물은 물고기의 알처럼 생명을 품고 있다
눈물이 떨어진 자리를 보라
나무가 뿌리를 내릴 것이다
꽃이 피어날 것이다
산이 솟아오르고
바다가 파도를 밀고 올 것이다

땀방울이 떨어진 자리에 문명의 건축물들이 세워지듯이

눈물이 많아졌다. 드라마를 보다가 뚬벙뚬벙 떨어지는 눈물을 훔치며 나는 당혹스럽다. 주책없이, 아, 이 통속. 사나이 심금(心琴)을 울리는 영화, 여심(女心)을 사로잡는 영화, 눈물없이 볼 수 없는 영화… 예전엔 참 멜로영화도 많았다. 어느 핸가 뻔한 멜로영화가 끝난 뒤 객석을 가득 메웠던 아줌마들이 붉게 충혈된 눈으로 멍하게 앉아 있는 광경을 봤다. '이해할 수 없어. 뻔한 스토리에 저토록 눈물을 흘리다니.' 이젠 알겠다. 눈물은 삶의 나이테마다 켜켜이 쌓였던 상처가 덧나 흐르는 수액이라는 것을.

오늘 아침, 늙은 소나무 한 그루 밤새 무슨 영화를 봤는지 촉촉하게 젖어 있다. 밤새 허기졌던 참새들이 콕콕 눈물을 찍어 작은 심장 근처를 적신다. 아으, 저 새가슴.

한 그리움이 다른 그리움에게

정희성

어느 날 당신과 내가
날과 씨로 만나서
하나의 꿈을 엮을 수만 있다면
우리들의 꿈이 만나
한 폭의 비단이 된다면
나는 기다리리, 추운 길목에서
오랜 침묵과 외로움 끝에
한 슬픔이 다른 슬픔에게 손을 주고
한 그리움이 다른 그리움의
그윽한 눈을 들여다볼 때
어느 겨울인들
우리들의 사랑을 춥게 하리
외롭고 긴 기다림 끝에
어느날 당신과 내가 만나
하나의 꿈을 엮을 수 있다면

요즘처럼 '사랑'이 넘치는 시대가 있을까요. 브라운관에서, 컴퓨터 화면에서, 노래방에서까지 사랑은 넘쳐납니다. 이제 아무도 '사랑'을 남몰래 쓰지 않네요. 정치인은 국민들을 사랑하고, TV는 시청자를 사랑하고, 기업은 소비자를 사랑한다고 말합니다. 사랑이 깊으면 외로움도 깊어서일까요. 그런데도 모두들 부르르 떱니다. 외로움과 배신에 치를 떱니다. 저리도 많은 사랑이 넘쳐나는데 모두가 외로운 사람들투성이입니다. 온통 사랑에 상처받은 이들뿐입니다.

　'오랜 침묵과 외로움' 끝에 사랑도 '한 폭의 비단'으로 펼쳐지는 거 아닐까요. 너무나 쉽게 사랑한다고 말하지 맙시다. 몰래 한 사랑이 아름답습니다. 뜨거운 심장이 하고 있는 사랑을 머리가 모르게… 가만가만 사랑합시다.

겨울 들판을 거닐며

허형만

가까이 다가서기 전에는
아무것도 가진 것 없어 보이는
아무것도 피울 수 없을 것처럼 보이는
겨울 들판을 거닐며
매운 바람 끝자락도 맞을 만치 맞으면
오히려 더욱 따사로움을 알았다
듬성듬성 아직은 덜 녹은 눈발이
땅의 품안으로 녹아들기를 꿈꾸며 뒤척이고
논두렁 밭두렁 사이사이
초록빛 싱싱한 키 작은 들풀 또한 고만고만 모여 앉아
저만치 밀려오는 햇살을 기다리고 있었다
신발 아래 질척거리며 달라붙는
흙의 무게가 삶의 무게만큼 힘겨웠지만
여기서만은 우리가 알고 있는
아픔이란 아픔은 모두 편히 쉬고 있음도 알았다
겨울 들판을 거닐며
겨울들판이나 사람이나

가까이 다가서지도 않으면서
아무것도 가진 것 없을 거라고
아무것도 키울 수 없을 거라고
함부로 말하지 않기로 했다

어쩌면 우리 모두는 겨울들판에 웅크린 '키 작은 들풀'일 뿐이다. 지진, 해일, 태풍 등 자연의 공격 앞에서 속수무책이고, 사스와 조류독감, 광우병, 에볼라 바이러스 앞에서 한없이 초라해지는 인간이다. '가까이 다가서기 전에는' 함부로 말하지 말자. '아무 것도 가진 것 없고, 아무 것도 키울 수 없을 거라고' 얘기하지 말자. 용서와 이해로 서로를 껴안아도 매운 바람은 사정없이 몰아쳐 우리를 엄습하는데. 이 겨울, 서로 꼭 껴안은 채 달궈지고 짓이겨져서 단단한 무쇠로 다시 태어날 일이다. 강철 같은 의지로 우리 앞의 칼바람들과 맞서 싸워야 할 때다.

백만년이 넘도록 맺힌 이슬인생

최승호

이슬을 건너가는
여치 뒷다리에
이슬이 걸리더라

이슬을 건너가는 여치
뒷다리에
이슬이 걸리오

은하수 건너가는 여치 뒷다리에도 이슬이 걸립니까?
이슬을 건너가는 여치
뒷다리에 이슬이
걸리는군요

이슬을 건너가는
여치
뒷다리

시도 이쯤 되면 선(禪)의 경지가 느껴진다. 시인이 농(弄)하는 자연은 경이로운 은유로 넘쳐난다. 걸리더라, 걸리오, 걸립니까?, 걸리는군요로 이어지는 어미의 변용이 즐겁다. 단순함 속에서 발견되는 간결한 아름다움을 색다른 언어로 표현해내는 일은 시인의 몫이다. 그 시편을 읽으면서 행복해지는 건 독자의 몫이리라. 곰삭은 김치처럼 새콤한 시를 쓰고 읽는 것처럼 좋은 일은 없으리라. 근데 은하수 건너가는 여치 뒷다리에도 이슬이 걸릴까?

선데이 서울, 비행접시, 80년대 약전(略傳)

권혁웅

나의 1980년은 먼 곳의 이상한 소문과 무더위, 형이 가방 밑 창에 숨겨온 선데이 서울과 수시로 출몰하던 비행접시들

술에 취한 아버지는 박철순보다 멋진 커브를 구사했다 상 위의 김치와 시금치가 접시에 실린 채 머리 위에서 휙휙 날았 다

나 또한 접시를 타고 가볍게 담장을 넘고 싶었으나… 먼저 나간 형의 1982년은 빰 석 대에 끝났다 나는 선데이 서울을 옆 에 끼고 골방에서 자는 척했다

1984년의 선데이 서울에는 비키니 미녀가 살았다 畵中之餠 이라 할까 持病이라 할까 가슴에서 천불이 일었다 브로마이드 를 펼치면 그녀가 걸어 나올 것 같았다

1987년의 서울엔 선데이가 따로 없었다 외계에서 온 돌멩 이들이 거리를 날아다녔다 TV에서 민머리만 보아도 경기를

일으키던 시절이었다

잘못한 게 없어서 용서받을 수 없던 때는 그 시절로 끝이 났다 이를테면 1989년, 떠나간 여자에게 내가 건넨 꽃은 造花였다 가짜여서 내 사랑은 시들지 않았다

후일담을 덧붙여야겠다 80년대는 박철순과 아버지의 전성기였다 90년대가 시작된 지 얼마 안 되어 선데이 서울이 폐간했고(1991) 아버지가 외계로 날아가셨다(1993) 같은 해에 비행접시가 사라졌고(1993) 좀더 있다가 박철순이 은퇴했다(1996) 모두가 전성기는 한참 지났을 때다

그랬을 것이다. 피비린내 나는 광주항쟁도 사춘기를 보내던 시인에게는 그저 '먼 곳의 이상한 소문'이었을 뿐. 술 취한 아버지의 분노를 앞에 두고도 프로야구 원년스타 박철순의 신기(神技)를 떠올리고…. 그 분노도 형이 구해온 삼천만의 주간지 '선데이 서울' 속 비키니 미녀를 보고 싶은 소년의 열망을 잠재우지 못했을 것이다.

 역사의 구비구비 서린 서사(敍事)는 당대를 같이 살았어도 다양한 시각으로 해석될 수밖에 없다. 청년의 눈과 중년의 눈이 다르고, 어린 학생과 원로 교수의 해석이 다를 것이다. 그래도 당대를 같이 겪었다는 동질감은 얼마나 은밀하고 가슴 뜨거운 일인가. 세월이 햇볕에 바래면 역사가 되고, 달빛에 물들면 신화가 된다고 했다. 그렇다면 지금 '선데이 서울'의 브로마이드 미녀는 무엇이 되어 있을까. 그녀를 보면서 '가슴 속에서 천불이 일었을 소년과 청년'들은 어찌 살고 있을까.

너에게 쓴다

천양희

꽃이 피었다고 너에게 쓰고
꽃이 졌다고 너에게 쓴다.
너에게 쓴 마음이
벌써 길이 되었다.
길 위에서 신발 하나 먼저 다 닳았다.

꽃 진 자리에 잎 피었다 너에게 쓰고
잎 진 자리에 새가 앉았다 너에게 쓴다.
너에게 쓴 마음이
벌써 내 일생이 되었다.
마침내는 내 생(生) 풍화되었다.

시방 우리는 문자와 사진들이 빛의 속도로 전송되어 태평양을 넘나드는 시대에 살고 있지요. 언젠가는 온갖 향기와 감촉까지 전송되는 시대가 오지 않을까 두렵습니다.

  엽신(葉信)을 보냈던 게 언제였는지 기억조차 나지 않는군요. 사랑합니다, 존경합니다, 그립습니다. 따스한 마음을 담아 붉은 우체통에 넣어본지도 오래입니다. '꽃 진 자리에 잎 피었다'고 쓴 엽신을 받고 싶습니다. '잎 진 자리에 새가 앉았다'고 쓴 엽신 한 장 보내고 싶습니다. 아직도 꽃 진 자리를 지키는 잡초들에게, 잎 진 자리를 지키고 있을 뿌리에게.

  이제 곧 눈이 오겠지요. 눈을 맞으며 서 있는 붉은 우체통에 마음을 담은 엽신 한 장 부치세요. 오래된 만년필로 한땀한땀 근황을 담아 '그립습니다'라고 쓰면 게서 애틋한 사랑이 피어날 테니까요. 마침내 우리들의 생이 풍화되기 전에.

정육점

조동범

죽음을 넣어 식욕을 만드는 홍등의 냉장고.

냉장고는 차고 부드러운,

선홍빛 죽음으로 가득하다.

어둡고 좁은 우리에 갇혀 비육될 때까지

짐작이나 했을까.

마지막 순간까지 식욕을 떠올렸을,

단 한 번도 초원을 담아보지 못한 가축의 눈망울은

눈석임물처럼 고요한 죽음을 담고 있었을 것이다.

죽어서도 편히 눕지 못한

냉장고의 죽음 몇 조각, 무심하게

해넘이의 하늘 저편을 바라본다.

죽음을 담고,

물끄러미 저녁을 맞고 있는 정육점.

홍등을 두른 선홍빛 죽음이 화사하게 빛나는

정육점, 생생한 죽음 앞에서 식욕을 떠오르게 하는

칼날 같은,

죽음과 식욕의 경계

어린시절 동네 어귀에 도축장이 있었다. 잡초 무성한 그곳에 낡고 헐어서 으스스한 회색 건물은 마치 도깨비집 같았다. 친구들에게 소가 도축장에 끌려갈 때 눈물을 흘린다고 말했다. 본 적은 없지만… 그러리라 생각했다. '씨, 거짓부렁 하지 마' '야, 소가 웃겠다' '니가 봤냐구'. 뭐든지 확인해야 직성이 풀리던 그때. 마침내 도축장 앞에 소들이 끌려왔을 때 우리들은 도둑고양이처럼 살금살금 높은 도축장 창문에 매달렸다. 아, 그때 못볼 걸 보고 말았다. 근육질의 아저씨가 무시무시한 망치를 들고… 나와 친구들은 '눈물 흘리는 소'를 보는 대신 그날 매일밤 악몽의 단초를 보고 만 셈이었다.

　단 '한 번도 초원을 담아보지 못한' 채 세상을 뜨는 소들은 얼마나 삶이 서글펐을까. 초원 위에서 풀을 뜯고, 사람을 대신해 쟁기를 끌다가 마침내는 모든 걸 주고 떠나면서 눈물 흘리던 소들은 어디 있을까.

백담사

이성선

저녁 공양을 마친 스님이
절 마당을 쓴다
마당 구석에 나앉은 큰 산 작은 산이
빗자루에 쓸려 나간다
산에 걸린 달도
빗자루 끝에 쓸려 나간다
조그만 마당 하늘에 걸린 마당
정갈히 쓸어놓은 푸르른 하늘에
푸른 별이 돋기 시작한다
쓸면 쓸수록 별이 더 많이 돋고
쓸면 쓸수록 물소리가 더 많아진다

선운사, 운주사, 백담사, 신륵사로부터 등명(燈明), 소래포구, 사평역, 남해금산, 함허동천까지. 정동진이나 한계령, 소쇄서원 격렬비열도는 어떤가요. 이 작은 산하에 정말 기막힌 이름들이 즐비합니다. 그 구비마다 방랑시인들이 남겨놓은 절창들은 또 어떤 가요.

'막걸릿집 여자의 육자백이 가락에 / 작년것만 오히려 남았습니다'라고 썼던 미당선생, '쓸면 쓸수록 별이 더 많이 돋고'라고 노래한 이성선 시인. 다들 세상 소풍 끝내고 돌아가셨습니다. 그들이 떠난 자리에서 여전히 동백은 피고, 별이 빛납니다.

이름에 끌리고 시에 홀려서 훌쩍 떠나보면 어떨까요. 그냥 말입니다. 실망하진 마세요. 어디를 가든 대형음식점 간판과 펜션이 먼저 그대를 반기더라도.

제비집

이윤학

제비가 떠난 다음날 시누대나무 빗자루를 들고
제비집을 헐었다. 흙가루와 함께 알 수 없는
제비가 품다 간 만큼의 먼지와 비듬.
보드랍게 가슴털이 떨어진다. 제비는 어쩌면
떠나기 전에 집을 확인할지 모른다.
마음이 약한 제비는 상처를 생각하겠지.
전깃줄에 떼 지어 앉아 다수결을 정한 다음날
버리는 것이 빼앗기는 것보다 어려운 줄 아는
제비 떼가, 하늘 높이 까맣게 날아간다.

도시에 살기 시작하면서 제비들이 왔다가는 걸 눈치채지 못하고 산다. 학교에서 영어단어를 열심히 외고 있는 도회지 어린이들 역시 제비들이 들고 나는 걸 본 일이 없을 것이다. 아이들에겐 다만 동물도감 속의 '거시기'일 뿐이리라. 제비들이 집을 지을 처마도, 그들이 새끼들을 위해 먹이를 물어올 땅도, '전깃줄에 떼 지어 앉아 다수결'을 정할 수도 없는 그곳에, 우린 살고 있다.

　진흙과 지푸라기로 견고한 단칸 셋방을 짓는, 게서 노란부리가 예쁜 새끼를 낳고, 자식을 위해 부지런히 벌레를 물어 잘게 쪼개주는…. 하여 그 탄탄했던 '물 찬 제비'가 '푸석푸석한 중년'이 되는 서기로운 순간들을 보고 싶다.

바퀴 – 속도에 관한 명상 5

반칠환

우리는 너 나 없이 세상을 굴러먹고 다닌다
아버님, 오늘은 어디서 굴러먹다 오셨나요
아들아, 너는 어디서 굴러먹다 이리 늦었느냐
여보, 요즘은 굴러먹기도 예전 같지 않아요
이거, 어디서 굴러먹다 온 뼈다귀야
바퀴를 타자 우리 모두 후레자식이 되어 버렸다

바퀴가 지배하는 세상은 거칠다. 어디든 거침없이 바퀴들이 굴러다닌다. 예의도 없고, 법칙도 없다. 소달구지로 시작된 바퀴는 이제 시속 300Km의 기차바퀴가 됐다. 그 속도를 감히 따라잡을 수 없다. 때로 인간은 바퀴에 치여 죽기도 한다. 스스로의 덫에 걸려 헉헉대는 꼴이란….

　'느리게 살자'는 화두가 세상을 지배한다. 속도에 멀미를 느낀 인간들이 많아지면서 많은 이들이 뜀박질하기를 포기한다. 대신 타박타박 걷기를 택한다. 주변 풍경도 살피고 사람들과 도란도란 얘기를 나누면서 걷는 풍경이 정겹다. 모두들 후레자식이 되고 싶지 않은 까닭이다.

인도소풍, 먹구름 본다

문인수

새벽 차가운 거리에
人道 여기 저기에 웬 누더기 이불들이 시꺼멓게,
뭉게뭉게 널려 있습니다.

저 한 군데
이불자락이 자꾸 꼼지락거리더니 아,
젖먹이 아기 하나 앙금 앙금 기어 나오는군요.
노란 물똥을 조금 쩰겨 놓고
제자리로 얼른 기어듭니다.

아기가 단숨에 기어든 이 바닥은 사실
이역만리보다 멀어서
그 어떤 여행으로도 나는 가 닿을 수 없고요.
멀어서인지 잠잠 아무 소리도 나지 않습니다.

다만 여러 굴곡을 안에서 묶는 오랜 이불 속 사정이
그나마 한 자루 그득하게 꿈틀거리며

먹구름, 먹구름 흘러갑니다

그 많은 시인들이 인도로 간다. 예전의 서구사람들이 마르코폴로의 '동방견문록'을 읽던 심경이 이랬을까. 그네들이 쓴 인도기행문을 읽다 보면 늘 경이롭다. 여전히 냄새나고 후줄근한 그 땅의 얘기를 접할 때마다 죽기 전에 한 번은 꼭 가봐야겠다고 다짐한다.

인도로 소풍간 시인이 본 것은 도인(道人)도 아니고 성자(聖者)도 아니다. 길바닥에 아무렇게나 놓여 있던 이불자락에서 앙금앙금 기어나온 젖먹이 아기다. 인도까지 가서 타즈마할도, 갠지스강도 아닌 젖먹이 아기라니. 범상치 않은 시인의 눈은 거기서 '그 어떤 여행으로도 가 닿을 수 없고, 멀어서인지 잠잠 아무 소리도 나지 않는' 그 어떤 것을 본다.

모름지기 여행의 참맛이란 해찰이 아닐까. 우린 너무 오랫동안 깃발을 꽂으러 여행을 다녔다. 해찰하며 느릿느릿 게으른 여행을 하고 싶다.

소 3
― 우황에 대하여

최창균

우황든 소는 캄캄한 밤
하얗게 지새며 우엉우엉 운다
이 세상을 아픈 생으로 살아
어둠조차 가눌 힘이 없는 밤
그 울음소리의 소 곁으로 다가가
우황 주머니처럼 매달리어 있는 아버지
죽음에게 들킬 것 훤히 알고도
골수까지 사무친 막부림당한 삶
되새김질 하며 우엉우엉 우는 소
저처럼 절벽울음 우는 사람 있다
우황 들게 가슴 치는 사람 있다
코뚜레 꿰고 멍에 씌워 채찍 들고서
막무가내 뜻을 이루려는 자가 많을수록
우황 덩어리 가슴에 품고 사는 사람 많다
우황 주머니 가슴에 없는 사람
우엉우엉 우는 소리 귀담지 못한다
이 세상 소리내어 우엉우엉 울지 못한다

106

우황(牛黃)은 소의 쓸개 속 염증으로 생긴 담석을 일컫는다. 시인은 그 아픔을 따스한 언어로 감싼다. 말 못하는 소는 '골수까지 사무친 막부림당한 삶'의 고통을 그저 '우엉우엉' 우는 것으로 대신한다. '이 세상을 아픈 생'으로 살아온 건 소뿐만이 아니다. 아버지의 삶 또한 그러하다.

　시인은 '코뚜레 꿰고 멍에 씌워 채찍 들고서 / 막무가내 뜻을 이루려는 자'가 많은 세상일수록 '우황 덩어리 가슴에 품고 사는 사람'이 많아진다고 경고한다. 우황 든 소의 아픔은 곧 이땅의 아버지들이 갖고 있는 아픔이다. 가족을 위해 평생을 묵묵히 일하시면서도 고단한 짐을 탓하지 않는 아버지들. 스스로 코뚜레 꿰고 멍에 쓴 채 걸어가는 저 아버지들도 '우황 주머니' 하나씩 가슴에 품고 있으리라.

멸치

이건청

내가 멸치였을 때,
바다 속 다시마 숲을 스쳐 다니며
멸치 떼로 사는 것이 좋았다.
멸치 옆에 멸치, 그 옆에 또 멸치,
세상은 멸치로 이룬 우주였다.
바다 속을 헤엄쳐 다니며
붉은 산호, 치밀한 뿌리 속을 스미는
바다 속 노을을 보는 게 좋았었다.

내가 멸치였을 땐
은빛 비늘이 시리게 빛났었다.
파르르 꼬리를 치며
날쌔게 달리곤 하였다.
싱싱한 날들의 어느 한 끝에서
별이 되리라 믿었다.
핏빛 동백꽃이 되리라 믿었었다.
멸치가 그물에 걸려 뭍으로 올려지고,

끓는 물에 담겼다가
채반에 건져져 건조장에 놓이고
어느 날, 멸치는 말라 비틀어진 건어물로 쌓였다.
그리고, 멸치는 실존의 식탁에서
머리가 뜯긴 채 고추장에 찍히거나,
끓는 냄비 속에서 우려내진 채
쓰레기통에 버려졌다.

내가 멸치였을 때,
별이 되리라 믿었던 적이 있었다.

살면서 누구에게도 폐 끼치지 않고 끝내 다 주고 떠나는 생은 아름답다. '바다 속 다시마 숲'을 '파르르 꼬리를 치며 날쌔게' 달리다가, '머리가 뜯긴 채 고추장에 찍히거나, 끓는 냄비 속에서 우려내진 채 쓰레기통에 버려지는' 약소어족(弱小魚族) 멸치. 뼈 속까지 우려내서 인간에게 보시했으니 별이 되어 다시 뜨고, 핏빛 동백꽃으로 다시 피었으리라.

　오늘, 청한 가을바다 속에서 한 무리의 멸치들이 이리 기웃 저리 기웃 할 것이다. 붉은 산호초가 예쁘게 피었다면서 기웃하고, 저녁 노을이 무척 아름답다며 기웃할 것이다. 아무리 먹어도 살이 찌지 않는다며 투덜거리고, 뒷집 아이는 산호초 밑에서 통 나오질 않는다며 쏙닥거릴 것이다. 어느 빛좋은 가을날, 어부의 그물에 걸려 건조장 채반에 줄지어 누워서도 '나의 한 시절은 참 아름다웠노라'고 노래하는 멸치, 멸치라고.

희망에 부딪혀 죽다

길상호

월요일 식당 바닥을 청소하며
불빛이 희망이라고 했던 사람의 말
믿지 않기로 했다 어젯밤
형광등에 몰려들던 날벌레들이
오늘 탁자에, 바닥에 누워 있지 않은가
제 날개가 부러지는 줄도 모르고
속이 까맣게 그을리는 줄도 모르고
불빛으로 뛰어들던 왜소한 몸들,
신문에는 복권의 벼락을 기다리던
사내의 자살기사가 실렸다 어쩌면
저 벌레들도 짜릿한 감전을 꿈꾸며
짧은 삶 걸었을지도 모를 일,
그러나 얇은 날개를 가진 사람들에게
희망은 얼마나 큰 수렁이었던가
쓰레받기에 그들의 잔재 담고 있자니
아직 꿈틀대는 숨소리가 들린다
저 단말마의 의식이 나를 이끌어

마음에 다시 불 지르면 어쩌나

타고 없는 날개 흔적을 지우려고 나는

빗자루의 손목을 놓지 않았다

하루살이에게 하루는 한 생애다. '짜릿한 감전'을 꿈꾸면서 조금 일찍 죽어가는 하루살이의 삶은 무모한 걸까. 인간이 하루살이보다 더욱 무모하다. 어느날 로또복권을 사면서 '복권 벼락'을 꿈꾸고, 증권이나 부동산으로 '돈 벼락'을 맞고 싶어한다. 비행기가 추락하여 죽을 확률과 비슷하다는 1등 당첨확률. 그것을 위해 만 원짜리로 복권 몇 장 사들고 일주일 내내 기대에 부풀어 산다. 증권(證券)이나 마권(馬券)을 사든 사람들도 확률게임에 눈이 벌겋고, 신도시마다 한 집 건너씩 공인중개사 사무실이 들어선다. 아버지는 밤새 고스톱과 포커판을 벌이고, 아들은 리니지 게임에 빠져 밤을 지새운다.

우리네 삶이 하루살이와 다른 건 스토리가 있다는 것이다. 기승전결이 있고, 반전(反轉)이 있으며 복선도 있다. '짜릿한 감전'을 위해 몸을 던지려할 때 그걸 막아줄 가족과 이웃도 있다.

어머니

김영재

전화기 속에서 어머니가 우신다
'니가 보고 싶다' 하시면서
나는 울지 않았다
더욱 더
서러워하실 어머니가 안쓰러워

어릴 적 객지에서 어머니 보고 싶어 울었다
그때는 어머니
독하게 울지 않으셨다
외롭고
고단한 날들을 이겨내야 한다고

언제부턴가 고향이 객지로 변해 버렸다
어머닌 객지에서
외로움에 늙으시고
어머니
날 낳던 나이보다, 내 나이 더 늙어간다

어머니의 어깨가 한없이 작다고 느껴지는 순간 울컥 뜨거운 것이 올라왔다. 아들집 오실 때마다 작은 텃밭에서 상추, 호박잎, 열무, 고추까지 바리바리 싸 오셔서 '이거 다 거름만 줘서 키운겨' 하시는 어머니. 변변하게 효도 한 번 해본 적 없는 자식은 어머니의 배려가 눈물겹다.

　아, 자꾸만 작아지시는 내 어머니는 손수 밥상을 준비하신다. 수십년 세월이 흘렀어도 어머니는 '마술사의 손'으로 옛날 그 음식맛을 내신다. 된장찌개에 깊은 맛이 배고, 시레기국은 감칠맛이 더한다. 손은 더 거칠고 주름이 깊어지셨지만 아들 지나 손주까지 맛닿은 내리사랑은 점점 깊어만 간다.

　정말 '언젠부턴가 고향이 객지로 변해 버렸다'. 객지를 고향 삼아 사는 자식들은 어머니를 '객지'에 두고도 무심하다. '어머니 날 낳던 나이보다, 내 나이 더 늙어가'도 철부지 자식은 어머니 앞에서 오늘도 어리광이다.

본전 생각

최영철

파장 무렵 집 근처 노점에서 산 호박잎
스무장에 오백원이다
호박씨야 값을 따질 수 없다지만
호박씨를 키운 흙의 노고는 적게 잡아 오백원
해와 비와 바람의 노고도 적게 잡아 각각 오백원
호박잎을 거둔 농부의 노고야 값을 따질 수 없다지만
호박잎을 실어 나른 트럭의 노고도 적게 잡아 오백원
그것을 파느라 저녁도 굶고 있는 노점 할머니의 노고도 적
게 잡아 오백원
그것을 씻고 다듬어 밥상에 올린 아내의 노고도 값을 따질
수 없다지만
호박잎을 사들고 온 나의 노고도 오백원

그것을 입안에 다 넣으려고
호박쌈을 먹는 내 입이
찢어질 듯 벌어졌다

밥솥에 올려 쪄낸 호박잎에 쌈장 한 숟갈 척 걸쳐서 입에 넣는다. 까슬까슬한 감촉과 사박사박 씹히는 맛이야 말할 나위가 없다. 어느새 마음밭은 고향집 뒤꼍 장독대까지 단숨에 내닫는다.

호박씨를 심고 거름을 듬뿍 주면 씩씩한 호박순들이 담장까지 뻗어 올라갔다. 벌들이 잉잉대면서 노란 호박잎에 입맞춤하면 잘생긴 애호박 하나 뚝딱 만들어졌다. 호박잎 사이에서 용케 숨바꼭질한 호박들은 여름햇빛에 무럭무럭 자라 어느새 노랗고 탐스러운 늙은 호박으로 남는다.

호박잎에 모이는 빗소리가 소담스러운 여름날. 할머니는 비 맞으며 호박순을 잘라주시고 할아버지는 담장에 지지대를 받쳐서 하늘로 올라가는 길을 터주셨다. 저 하늘에도 지금쯤 호박, 오이, 가지, 고추가 주렁주렁 열렸으리라. 잠시도 쉴 줄 모르시던 내 할머니가 근질거리는 손을 그냥 두지 못해서 쉬지 않고 일하실 테니까.

고등어

임영조

등짝에 해조음 문신 알록달록한
간고등어 한 마리가 점잖게
가스레인지 그릴 속에 누워 있다
불꽃이 온몸을 지글지글 구워도
오늘 같은 다비를 기다렸다는 듯
눈 하나 깜짝하지 않고 그대로 누워 있다
평생을 무슨 공부로 수신했길래
시뻘건 연옥에서도 고등어는
열반에 들듯 태연할 수 있을까
파란만장 난바다를 헤쳐온 생이 못내
서럽고 억울할 텐데, 육신을 어찌
저토록 마음 편히 보시할 수 있을까
빳빳한 몸이 꼭 서슬 퍼런 칼 같다
이판사판! 너 아니면 나 죽기식
피비린내 파다한 복수를 꿈꾸는 칼?
죽어서도 몸가짐 의젓한 고등어가
설마 누구를 찌를 마음을 먹었으랴

그렇게 본 내 마음이 멋쩍다
다 익은 살을 곧 뜯어먹을 나보다
등급이 몇 수쯤 위라는 생각
그래서 이름까지 高等魚?

고등어 등짝의 푸른 줄무늬가 '해조음 문신'이라 했다. 가스레인지 그릴 속을 '시뻘건 연옥'에 비유했고, 빳빳한 몸을 '서슬 퍼런 복수를 꿈꾸는 칼'이라 말했다. 인간보다 '등급이 몇 수쯤 위'여서 '이름까지 고등어'라며 끝낸 마무리는 이 시의 백미다. 누군들 맛있는 간고등어 구이를 싫어할까.

　일상의 한 순간이나 사소한 한 장면으로 무릎을 치게 하는 절창을 엮어내는 시인의 솜씨란? 그래서 이름까지 詩人? 말씀 언(言)에 절 사(寺)라. 그러나 나는 한낱 '파블로프의 개'. 시가 나를 군침 돌게 한다. 오늘 점심에 노릇노릇 익은 간고등어 한 마리면 밥 한그릇 뚝딱 해치울 수 있겠다.

여름 편지

한영옥

그해 여름 유난히 쨍쨍한 날이 있었다
그날 좋은 햇빛 속에 들어서서
대책 없는 우리 사이 두들겨 말리려고
회암사에 올라 흘린 땀 식히고 있을 때
마당 한쪽, 약수 물 동그랗게 고인 곁에
동자승 한 분도 동그랗게 웃어주었다
동자승 고운 얼굴 반쪽씩 나눠갖고
이 길, 그 길로 우리는 내달았다
이 길이 그땐 그토록 먼 길이었다
어느덧 그때처럼 또 여름이다
그쪽이여, 그 길엔 연일 비단길 꽃잎 날리는가
이쪽 이 길에도 잡풀 꽃 그럭저럭하고
올 여름 다행히 실하여 노을도 잘 흐르고
장단 맞추며 나도 이리 흥거운 모양이니
기절한 우리 사이 가만히 내다 버리겠네
그토록 먼 길이었던 이 길로 오던 길에
흥건히 불어 빠졌던 발톱도 이젠 내다 버리겠네

그해 여름 그날, 가뭇없으라고 불어오는 밤바람
아득한 그쪽으로 그어진 능선 모조리 덮어가네.

어디쯤 가고 계신지요. 그해 여름 쓰디쓴 별리(別離)로 뒷모습
만 남은 그대. 내가 잡초 무성한 산길과 봄꽃 화사한 꽃밭 지나 예
까지 오는 동안 그대는 어떤 길을 걸어 오셨는지…. 그대 손 놓치
고 혼자 남아 헤매던 가시밭길에서 자칫 길을 잃을 뻔했지요. 비
뿌리고 쓸쓸했던 그날 밤, 그 참혹했던 심상을 다시 기억하고 싶
지 않네요.

그대 맘 곱고 고왔기에 '연일 비단길 꽃잎'이었겠지요. 하여 지
금도 곱디 고운 손과 발그레한 볼 여전하시겠지요. 그대와 어느
길목에서 한번쯤이라도 스쳤으면 하고 바랐지만 실은 두렵습니
다. 넘어지고 깨져서 피멍 든 볼썽사나움을 차마 보여드리고 싶지
않은 까닭입니다. 여름입니다. 부디 초록 위에서 아름다운 날들
보내시길…. 폭우 쏟아지는 어느 여름날, 비를 피하고 계신 당신
을 먼 발치에서라도 설핏 보고 싶어집니다.

이사, 악양

박남준

결국 남쪽 악양 방면으로 길을 꺾었다
하루 종일 해가 들었다
밥을 짓고 국 끓이며
어쩌다 생선 한 토막의 비린내를 구웠으나
밥상머리 맞은편
내 뼈를 발라 살점 얹어줄 사람의
늘 비어 있던 자리는 달라지지 않았다
이따금 아직도 낯선 아랫마을 밤 개가
컹컹거리며 그 부재의 이유를 묻기도 했다
별들과 산마을의 불빛들은
결코 나뉠 수 없는 우주의 경계로 인해
밤마다 한몸이 되고는 했다
부럽기도 했다 해가 바뀔수록
검던 머리 더욱 희끗거리고
희끗거리며 날리는 눈발을 봐도
점점 무심해졌다
겨울바람이 처마 끝을 풀썩 뒤흔들다 간다

아침이 드는 창을 비워두는 것은 옛 버릇이나
무덤을 앞둔 여우들이 그리했듯이
나 또한 북쪽 그리운 창을 향해 머리를 눕히고
길고 먼 꿈을 청한다

지리산 기슭 '악양' 어디쯤이라 했다. 산골짜기 누군가가 버리고 떠난 그 집에 시인은 아궁이에 불을 지피고, 뜨락에 꽃나무도 심었으리라. 먼 도시에서 놀러 온 지인들과 밤새 술도 마시고, 지나가는 바람 불러 앉혀서 도란도란 얘기도 나눈다 했다.

　도법과 수경 스님 따라 탁발순례에 나섰던 시인 박남준. 생명과 평화의 소중함을 담아 민들레 꽃씨로 만들어 세상 사람들 위로 띄워보내는 '시인의 실천'이 아름답다.

　악양 어디쯤 있을 시인의 집. 마치 지상에 없을 것 같은 그 집은 때로 주인도 없이 비어 있기도 할 것이다. 빈집 앉은뱅이 책상에는 쓰다 만 원고지가 가냘픈 시인의 손을 거쳐 화사하게 피어나기를 소망하고 있으리라.

춘궁기의 봄을 건너기

이승욱

나, 보았는데
어떤 사람이 밥 먹은 후 밥집 앞 계단 위에 앉아
손으로 만지작만지작 예쁜
동전 한 닢으로 봄을 건너고 있었다
내 눈 앞에 강물은 안 보였지만
그 땡전 일엽편주, 금빛 나뭇잎 배 같았다
하물며 그의 얼굴 오랜 햇볕에 그을은
뱃사공을 닮은 것을 더 말해서 뭣 하랴
험한 소용돌이 물굽이 잘 건너가시게나
어디가 행복한 피안인지는
나도 잘 모른다네

참, 봄은 잘 건너오셨는지요. 접촉사고는 없으셨는지. 혹, 한강 물이 '들어오라 들어오라' 유혹하지는 않았는지요. 옛 어른들은 춘궁기만 잘 견디면 됐지요. 소위 보릿고개만 넘기면 들판 가득 먹거리들이 넘쳐났답니다. 칡뿌리도 캐먹고, 산딸기도 따먹었다 지요. 왜 그런 노래도 있잖아요. '엄마 일 가는 길에 하얀 찔레꽃/ 찔레꽃 고운 잎은 맛도 좋지/배고플 때 하나둘 따먹었다오/엄마 엄마 부르며 따먹었다오'

이제 칡뿌리도 산딸기도 찔레꽃도 없습니다. 그걸 찾으러 산과 들을 헤매지 않아도 됩니다. 그런데 말입니다. 세상 부족할 것 없 이 넘쳐나는 것 같은데 왜 이리 살기가 팍팍한지요. 배고플 때 하 나둘 따먹을 찔레꽃도 없는 역 지하도에 또다시 노숙자들이 모여 들고 있다지요. 부디 '험한 소용돌이 물굽이 잘 건너' 가시지요.

기계

공광규

허겁지겁 출근하는 나를
앞집 개가 짖지도 않고
물끄러미 쳐다본다

"저 인간……
망가져서 달그락거리는……
감가상각이 끝나가는……
겨우 굴러가는 기계 아냐?"

개는 이렇게 생각을
더듬거리고 있나 보다

개도 거들떠보지 않는 나는
이 밀림의 누구인가
생산성과 헐떡이며
성교를 벌이고 있는 나는.

불혹이 넘은 시인의 시집에서 지친 어깨가 보였다. 그는 '조심스럽고 깨끗한 연애를 꿈꾸다가도/끝내는 튼튼한 가정을 위해 건배'(—〈흘러가는 실내 포장마차〉)하고, '신혼의 첫 다짐처럼 하얗던 벽지도/때가 탈대로 타고/방구석에 무관심이 거미줄을 친'(—〈휴일, 권태〉) 집에서 산다. '나는 그게 안 되고/아내는 그것도 못하냐며 핀잔을 주고/나는 더 쪼그라들고/아내는 이내 돌아눕는다.'

한 일본 작가가 말했다. 불혹이 넘으면 굴욕을 참고 견디는 방법도 배워야 한다고. 한평생 남부럽지 않은 이력을 자랑하던 유명 인사들이 자살을 택하고, 생활고를 견디지 못한 가장이 가족들과 함께 죽음을 택한다. 심장이 뛰고 있다는 게 얼마나 고맙고 고마운 일인데….

월요일이다. 허겁지겁 출근하는 길, 앞집 개가 짖지도 않고 쳐다보면 어떤가. 오늘, 저 하늘이 눈부시지 않은가.

그대, 꽃잎 속의
— 가곡을 위한 시

이태수

꽃이 피기까지는 오래 기다렸어도
꽃이 지는 데는 물거품 같네.
꽃잎 속의 그대 잠시 그리워하는 사이,
그 향기 더듬어 길을 나설 사이도 없이
나의 꽃은 너무나 아쉽게 지고 마네.
그대가 처음 내 마음에 피어날 때처럼
꽃잎이 머물던 자리 아직도 아릿하건만
꽃은 져도 안 잊혀지듯이 그대 가도
안 잊혀지네. 영영 잊혀지지 않네.

노랗던 개나리가 푸른 잎새들로 변했다. 목련은 흰 손 벗어 세상에 주고 푸른 잎을 피워냈다. 매화꽃도 이제 청매실로 커가기 위해 조용히 입을 다물었다. 정말 '꽃이 지는 데는 물거품' 같다. 그 자리에 또다른 꽃들이 들어섰지만 '꽃잎이 머물던 자리 아직도 아릿'하다.

　봄비 그친 세상의 연초록이 꽃이 있던 자리를 대신 채웠다. 봄비 맞은 여린 이파리들이 시시각각 짙어지는 게 눈에 보일 듯하다. 눈 들어 보는 곳마다 차오르는 푸르름으로 가슴까지 연녹색으로 물든다.

　누군들 그립지 않을까, 떠나보낸 사람의 뒷모습. 그것도 가을도 아닌 봄에 떠난 사람은 더욱 잊혀지지 않는다.

눈 밝은 사자

김혜영

1

고대 테베의 뒷골목에서 눈 먼 새들이
거짓 예언을 지껄여대다 흠씬 두들겨 맞았고
고위 관료는 젊은 정부의 사랑에 눈이 멀었고
눈을 뜬 거지들은 돌에 맞아 죽거나
외곽 문둥병자의 동굴로 쫓겨났다

소나무가 줄지어 선
로마 거리를 절뚝절뚝 걸어가는 외디푸스
붉은 손으로 두 눈을 찔러
눈먼 새가 되어서야
자신의 얼굴을 볼 수 있었다

거울은 아무 말이 없다

2
두 눈을 뜨고 있어도
눈 먼 꽃잎이었네

소림사 동굴에서 벽만 쳐다보던 그 남자는
눈꺼풀을 아예 싹뚝 잘라버렸다. 두 눈이
부리부리한 초상화가 벽면 한 귀퉁이에서
날 노려보고, 나는 그를 뚫어져라 응시한다

자신의 눈은 들여다보지 못하고
타인의 눈만 쳐다보는
한심한……

거울이 지친 걸레를 닦는다

3
문득
숨을 헐떡이며 질주하던 외뿔소가
거울 속으로 쳐들어온다

시체처럼 끌려가는 돼지 한 마리
돈을 쫓아 증권거래소를 떠돌다
책가방을 들고 대학의 강단을 오르다가
재즈가 흐르는 코헨 술집에서 술을 마시다가
헝클어진 머리카락으로 된장국을 만들다가
드르렁 드르렁 코고는 남편 옆구리를 쑤시다가
침대에서 떨어져 짜증을 부리다가
식은 밥을 꾸역꾸역 물에 말아먹다가
거울이 있는 방에서 잠이 든다
너무 오래도록 잠이 들어
꿈인지 생시인지도 모르는 잠

안방에 걸린
커다란 눈동자가 나를 깨운다
눈 밝은 사자가 거울 속에서
고함을 친다

거울은
천 개의 귀를 연다

일상은 늘 꿈을 배반한다. 멋진 연애를 꿈꾸던 소녀들은 구질구질한 연애를 경험하고 꿈을 포기한다. 신혼은 초콜릿처럼 달콤할 거라고 기대하면 실망도 큰 법이다. '코고는 남편 옆구리를 쑤시고, 식은 밥을 꾸역꾸역 물에 말아먹는' 일상은 얼마나 비루한가.

그러나 희망은 포기할 수 없다. 희망을 포기하지 않기 위해서는 초심을 잃지 않는 게 중요하다. 아직도 나에게 멋진 연애의 기회가 남았다고 생각하자. 신혼은 달콤할 거라고 상상하자.

모든 이들의 마음속에는 '눈 밝은 사자'가 살고 있다. 어떤 이는 애써 외면하며 살고, 어떤 이는 매일 속삭이며 살 것이다. 그 분명한 차이가 세상살이의 행복과 불행을 결정한다.

봄 들녘에서

강경호

죽음으로 일생이 정리되는 것은 아니다.
서둘러 유품을 태우고 흔적을 지운다 해도
들녘엔 푸른 핏줄처럼 꿈틀거리는 것이 있다.
거기 강물 끝 어딘가 무엇이 된 질긴 목숨이
손짓발짓으로 누군가를 부르고 있다.
한때 네가 살던 마을에도
나지막한 산언덕 오래된 봉분은 있다.
너를 기억하는 사람들 모두 무심해진다 해도
생전의 착한 것, 죄가 되는 것
어딘가를 떠도는 그리움으로 남아
아직도 너는 내게 불씨로 글썽이는데
나는 죽음이 두렵지 않다.
무엇이 되어 다시 살아 왔듯이
무엇이 되어 다시 살아올 것을 믿기 때문이다.
뜨거운 마음 차마 가슴 저며
숲과 강마다 살아 타오르는 것을 보라.
먼 옛날 무엇이었던 네가

저렇듯 수백 번 옷을 갈아입고

봄 들녘 또 누군가를 눈부시게 부르고 있다.

한동안 꽃에 취해 너희들을 보지 못했다. 감았던 눈을 뜨면서 사뿐히 다가온 연초록의 잎새들. 봄햇살 아래 연한 속살을 드러낸 '어린 신부'들이 일제히 부케를 던진다. 연초록의 신방(新房)에서 풀어헤칠 그대 옷고름을 생각하면 어지럽고 어지럽다.

　나 그댈 사랑하리라. 연둣빛 속살이 무르익어 초록으로 타오를 때까지, 그 초록이 지쳐 얼굴 붉힐 때까지. 우리들 사랑이 무르익어 라일락 향기로 피고, 아카시아 향기로 번지는 그날까지. 내 앞에 있어도 그립고, 내 뒤에 있어도 그립고, 그 품에 있어도 그리운 그대여.

공주 시장

윤재철

오이가 비를 맞고 있다
가락시장에도 못 간
구부러지고 볼품없는 흰 오이
예닐곱개씩 쌓아놓은
무더기가 예닐곱개
좌판도 없이
아스팔트 맨땅 위에
얇은 비닐 한장 깔고 앉아
비를 맞고 있다
장날도 아닌 공주시장
비는 주룩주룩 내리고
아주머니는 중국집 처마 밑에
쪼그리고 앉아 턱을 괴고 있는데
대책없는 오이는 시퍼렇게 살아
다시 밭으로 가자고 한다

금강의 지류 어디쯤 오이밭이 있었을 것이다. 수십 년 전부터 그래왔듯이 아주머니는 두엄더미에서 거름을 퍼다주고, 비오면 비 맞히면서 오이를 키웠을 것이다. 오이도 제가 구부러지고 싶은 대로, 제가 크고 싶은 대로 그냥 자랐을 것이다. 비닐하우스에서 곱게 큰 미끈한 오이와는 태생부터가 달랐다.

　성장의 비밀을 어찌 알랴. 세상 사람들은 미끈하고 혈색좋은 오이를 찾는다. 때맞춰 농약도 치고, 때맞춰 비료도 줘서 쪽 곧은 '몸짱 오이'들은 잘도 팔려나간다. '구부러지고 볼품없는' 오이는 공주 장날 '중국집 처마 밑'에 쭈그리고 있다가 그 저녁 아주머니 초라한 식탁에나 오를 것이다.

　우리 모두 어쩌면 비닐하우스의 오이를 닮아가는 게 아닌지. 속은 퍽퍽하게 멍들었어도 미끈한 외양만 따지면서 살아온 것은 아닌지. 아, 이럴 땐 '시퍼렇게 살아'서 배추흰나비 짝지어 나는 밭으로 나가고 싶다. 답답한 비닐하우스를 박차고 나가 파란 하늘로 나비가 되어 날아오르고 싶다.

너

김완하

너로 하여 세상을 밀고 가던 때 있었다
너를 의탁하여 가파른 벼랑 위에
나를 세우고, 아찔
아찔 그 어질머리에 기대 있을 때 있었다
너를 따라가던 때
너를 업고 가던 때도 있었다

너 이놈, 술

'친구여 우리는 술 쳐먹다 늙었다'로 시작되는 시가 있다. 이 올가미 같은 시구(詩句)에 동의하지 않는 사람이 얼마나 될까. 누군들 술에 얽힌 추억들로부터 자유롭지 못할 것이다. 술잔에 별도 떨어지고, 눈물도 떨어지고 때로 김칫국물도 떨어졌다. 때로 내가 통째로 떨어졌다.

중학시절 어느 봄날. 도시에서 공장을 다니던 친구 누이가 돌아왔다. 어린 내 눈에는 세상에서 가장 예쁜 누이였다. 그 누이가 재취자리로 시집가던 날, 솥뚜껑만한 얼굴을 가진 신랑을 보며 절망했다. 친구와 함께 잔칫집 토방에서 알맞게 익은 술독을 옆에 놓고 동동주를 마셨다. 처음 대취하도록 마셔본 술이었다. 재 너머 사래 긴 푸른 보리밭을 지나 그녀 집으로 갔다. 내가 너무도 짝사랑하던 그녀였기에….

그날 소녀의 오빠로부터 늘씬 맞았다. 고성방가에 미성년자 음주죄 등등. 수많은 봄날이 갔어도 잊지 못한다. 아찔, 아찔한 '너이놈, 술'.

연애소설

전윤호

사내가 큰 거 한 건 노리고

헛손질하는 동안

그녀는 책을 읽네

가난한 소녀가 자라서

아름다운 처녀가 되고

꿈을 잃지 않고 열심히 살다가

백마 탄 왕자를 만나는

연애소설은 행복하지

정리해고도 없고

부도난 어음도 없는

반드시 예정된 행운이 숨어 있는 세상은

예정된 행복한 결말처럼

교훈적이야

지금 눈앞에 닥친 어려움은 단지

둘의 사랑을 단단하게 만들려는 복선일 뿐

사내는 소주를 마시고

그녀는 책을 읽네

도중에 멈춘다 해도
끝이 궁금하지 않다네

세상사가 연애소설처럼 달콤쌉싸름하다면 뭐 고민할 게 있겠소. 우리네 삶이 늘 해피엔딩은 아니잖소. 살다 보면 넘어지고, 깨지고, 가슴 한 켠에 지울 수 없는 화인(火印)도 생기죠.

　요즘 여고생들에게 최고의 인기를 얻고 있는 인터넷 소설들을 읽어봤죠. 거기엔 정말 멋진 녀석들이 넘쳐나더라구요. 잘생겼지, 돈 많지, 매너 좋지, 게다가 착하기까지. 그들은 한결같이 '재투성이 구두'를 신은 초라한 소녀를 사랑합디다. 자칫 소설에 빠져 있는 소녀들이 소설과 세상을 혼돈할까봐 걱정됐소. 온달을 사랑한 평강공주는 너무 구차할까요. 아버지 눈을 뜨게 하기 위해 몸을 바치는 심청이는요? '신데렐라'보다는 '평강공주'와 '심청'이가 돼 보면 어떻겠소. 왜냐, '신데렐라'의 속편이 있다면 그녀도 분명 불행해졌을 테니까요. 끝이 궁금하지 않다고요?

146

환승

최문자

오늘은 환승하지 않았다.
말라가는 잎들을 어디다 놓을지 몰라
몇 잎은 남기고
몇 잎 떨어뜨리는
나무의 가을처럼
오늘.
그의 나무로부터 떨어지고 나서
어디다 나를 놓을지 몰라
주문에 걸린 발목을 잡고
환승할 사당역을 통과했다.
촘촘히 박힌 역들을 버리고
낯선 정왕역, 과수원 근처에서 내렸다.
어둑한 가지에 못참는 시간을 걸어놓고
흰 목책에 기대어
푸르다 못해 끝간데서 붉어진
사과의 숙성을 헤아려봤다.

푸르게 시작한 사과가
어디쯤 가다 피흘릴 생각을 했을까?
푸르기만을 고집했던 떫은 사과들은
다 어디가 죽었을까?
사과를 안았던 꼭지마다
얼마나 어두운지
고통스런 내심이 통 보이지 않았다.

오늘은 환승하지 않았다.
그를 버리고 피 흘릴 생각이 없다.
떫은 맛, 푸른 사과 그 옆에 나를 놓겠다.

에즈라 파운드는 그의 대표작 '지하철 정거장에서'를 통해 이렇게 노래했다. '군중(群衆) 속에서 유령처럼 나타나는 이 얼굴들/까맣게 젖은 나뭇가지 위의 꽃잎들'이라고. 지하철이나 버스를 타고 출근하는 아침, 그 많은 사람들과 스치며 생각한다. 무표정한 얼굴, 바삐 걷는 걸음걸이, 늘 똑같은 소음들까지 왜 이리 한결같을까.

　하여 누구나 한번쯤 일탈을 꿈꾼다. 집으로 가는 방향과 정반대로 혹은 내려야 할 정거장을 지나쳐서 느릿느릿 서두르지 않고…. 한번쯤 어슬렁거려볼 일이다. 뒹구는 낙엽이 써놓은 시, 겨울안개의 흰 속살, 바람이 전하는 노래까지 다 만지고 보듬을 수 있으리라. 이 순간에도 누구는 사랑에 상처받고, 누군가는 세상을 뜨고 있으리라. 그렇다면 한 번쯤 어슬렁거린다 한들 무에 대수랴.

　에스메랄다를 사랑한 콰지모도가 되어 '뎅그렁 뎅그렁' 종을 울리고 싶다. 저 바삐 걷는 사람들이 일제히 뒤돌아보게.

겨울나무

안상학

여름내
아무도 모르게 까치집 품고 살았다고
이제서야 첫눈에게 고백하는
겨울나무여
미안하지만 나는 너하고는 달리
말할 수 없는 사랑을 가졌어라
아무도 모르는 사랑
오래오래 품고 살았어라

겨울나무여
어느 세월
내 인생에도
가없는 겨울이 오고
첫눈이 내린다 해도
나 이렇게 가슴 깊이
따뜻한 사랑 품고 살았다 고백하지 않으리라
그때도 지금처럼

안으로만 깊이 뿌리를 내리는

아무도 모르는 우리 사랑에 대해서만 골몰하리라

'사랑'이나 '첫눈'이란 단어가 등장하지 않는 시집을 찾기란 쉽지 않다. 천 년이 지나도 빛 바래지 않고 스스로 발광(發光)하는 단어들. 거기 무수한 비밀이 숨어있기에 더욱 아름답고 절절하다.

　겨울나무는 또 어떤가. 모든 것을 벗어주고 벌판 한가운데 팔 벌리고 서 있는 그는 때로 성(聖)스럽다. 시인은 그 나무가 품고 있던 까치집의 비밀을 '이제서야 첫눈에게 고백'했다고 쓰고 있다. 그리고 시인은 '까치집'보다 더 깊은 '비밀스런 사랑'을 갖고 있으며, 끝내 '고백하지 않겠다'고 말한다. '가없는 겨울이 오고, 첫눈이 내린다 해도' 고백할 수 없는 비밀스런 사랑은 어떤 것일까.

　누구든 가슴 저 깊은 곳에 비밀을 숨겨놓지 않은 이 어디 있을까. 그런 비밀 하나쯤 품지 않고 산다면 세상은 얼마나 황량할까. 오늘 네가 나에게 입맞춤한, 내가 너에게 입맞춤한 가슴 저린 추억 한 편 꺼내볼 일이다. 아무도 모르게 비밀스럽게. 자주 꺼내지는 마시길…. 일광(日光)에 물들면 먼훗날 다시 꺼냈을 때 빛이 바랬을지도 모르니까.

돼지머리

장인수

동네 어른이 돌아가셨다
가마솥이 마당에서 끓고
돼지를 잡아 삶았는데
이놈 삶은 돼지는 키득키득 웃고 있다
아버지는 돼지의 웃음을 나치지 않게 썰고 있다
소주 한 잔 벌컥 들이키며 웃음 한 조각을 먹는다
캬! 죽을 때는 요런 표정으로 죽을 수 있을까
접시마다 귀도 웃고 코도 웃고 눈도 웃고 있다
동네분들과 문상객들이
껄껄껄 돼지 웃음을 먹고 있다

가을 추수가 끝난 뒤 동네 어른들은 돼지를 잡았다. 돼지 멱따는 소리가 늦가을 고즈넉한 마을을 뒤흔들곤 했다. 남대문 시장 좌판, 시골 5일장의 머리고기집, 그 많은 고사상에 오르는 돼지머리를 보면서 '히죽' 웃어보지 않은 사람이 있을까. '키득키득' 웃는 돼지를 보면서 '죽을 때는 요런 표정'으로 죽기를 꿈꾸는 사람들. 머리부터 꼬리까지 모든 걸 다 주고 떠나는 돼지들. 걸핏하면 돼지를 부정적 이미지로 동원하는 버릇은 수정돼야 하지 않을까. 아, 저 죽어서도 이쁜 얼굴.

시여, 밥도 빵도 아닌 그래서 더욱 그리운

"취할 시간이다! 시간에 구박받는 노예가 되지 않으려면 취하라.
노상 취해 있으라! 술에건, 시에건, 미덕에건, 당신 뜻대로…"
—보들레르 '취하시오'의 한 귀절

디지털 시대의 한 가운데서 아직도 시를 쓰는 이들이 있다.
우리는 그들을 시인이라고 부른다. 시인들은 대개 야심한 밤
에만 지하에서 잠복근무를 한다. 연필 한 자루 잘 깎아 다듬어
서 흰 종이 위에 밤새 유서를 쓰듯 시를 쓴다. 아침이면 넥타
이를 맨 뒤 핸드폰을 챙겨들고 각자의 전장터에 나가면서 신
분을 위장한다. 대개 선생이거나, 회사원이거나, 출판사 편집
장이기도 하고 드물게는 농사도 짓고 고기도 잡는다. 그네들
은 시가 결코 밥이나 빵이 될 수 없다는 걸 잘 알고 있다. 하여,
어디에서도 시인이라고 스스로 밝히지 않는다. 계관시인의 시
대도 지났고, 시 한 수 멋스럽게 써서 장원급제하여 벼슬하던

시대도 지났으니까. 시인이라고 얘기한들 장동건이나 배용준을 보듯 황홀하게 바라봐주는 여인네도 없다.

왜 하필이면 시라고 부르는 마약에 빠져 헤어나지 못하는지 시인들도 알지 못한다. 그저 사춘기 시절 보들레르나 랭보, 김수영이나 서정주의 시를 읽고 반한 죄밖에 없다. 밤새 썼다가 지우기를 거듭하면서 수없이 절망하면서도 시를 버리지 못하는 건 뜨겁게 사랑하기 때문이다. 세상에서 가장 미워하면서도 가장 사랑하는 시를 애인으로 뒀기 때문이다.

시인들은 그 수없는 불면의 밤을 묶어 시집(詩集)을 세상에 던진다. 강호무림에는 언어(言)의 집(寺)을 짓는데 신기에 가까운 솜씨를 가진 숨은 고수들이 많기에 훌륭한 집으로 인정받기도 어렵다. 수많은 날을 잠복근무하며 지은 집이지만 날림공사를 했다며 버려지기 일쑤다. 그가 밤새워 짓고 부수기를 거듭한 노고를 아는 집안 식구나 지인들끼리 돌려보는 게 전부다.

그럼에도 불구하고 아직도 시인들의 시를 꼼꼼하게 챙겨 읽는 독자들이 있다. 가을바람에 아무렇게나 낙엽이 굴러다니고, 밤새 흰눈이 쌓여 세상이 한 장 손수건으로 덮인 새벽, 환장하게 이쁜 봄꽃들이 봄바람에 흩날리는 날이면 시를 그리워하는 사람들이 있다. 상상하는 모든 것이 펼쳐지는 영화와 세상 시름 잊고 빠져들 수 있는 게임이 저리 많은데 아직도 시를 읽는 독자들이 있다. 전원만 켜면 신데렐라가 되는 드라마가 넘쳐나고, 홈쇼핑 채널을 돌려대며 화려한 명품들을 쇼핑하는 시대에 시라니.

지난 1년간 경향신문 편집국 한 구석에서 나는 참 행복했다. 강호무림들이 보내온 수많은 시집들을 버젓이 근무시간에 읽을 수 있었다. 경향신문의 섹션인 매거진X의 한 구석에 '오솔길'이라는 칼럼을 연재하는 것이 내 업무 중 하나였기 때문이다. 때로 시인들이 밤새 쓴 시에 어줍잖게 토를 다는 일이 죄스럽기도 했지만 일터의 한가운데서 시를 꿈꿀 수 있다는 건 분명 행복한 일이었다. 또 한편으로는 괴로운 작업이기도 했다. 마감시간이 되면 살벌한 전장터로 변해서 고성이 오고가는 편집국에서 진득하게 시를 고른다는 건 쉽지 않은 일이었다. 마감에 쫓겨 허둥지둥 쓴 글을 책으로 묶어보니 최선을 다하지 못한 아쉬움도 남는다.

어쨌거나 나는 아직도 '시는 힘이 세다'고 굳게 믿고 있다. 인류문명과 함께 시작된 시가 이 시대에도 여전히 생명력을 잃지 않고 있는 이유는, 그 힘 때문이다. 적어도 지난 역사 속에서 시는 많은 전쟁을 억제시켰고, 수많은 사람들을 생명의 위협에서 건져냈으며 더 망가졌을지 모를 환경을 보전하는데 일조했다고 생각한다. 시는 가을을 더 가을답게 하고, 사랑하는 이들을 더 애틋하게 만드는 마법의 주문이다.

우리의 일상 속에서도 시는 스며 있다. 감명 깊은 영화나 아름다운 음악 속에 어김없이 시가 살아 숨쉰다. 또 콘서트 무대나 광고의 카피문구에도 빛나는 시의 힘이 숨어 있음을 본다. 계절이 바뀌는 길목에서 시를 읽고 암송하는 사람들이 아름답지 않을 이유가 없다. 지금 비록 시가 크고 화려한 것들에 밀려 보이지 않는 곳에서 호롱불처럼 홀로 불 밝히고 있는 외로운 존재일 수도 있다. 그러나 우리네 삶이 팍팍해질수록 시는 우리에게 더 절실한 존재로 다가온다.

어쨌든 이 책은 밥도 빵도 되지 않는 시를 부여잡고 씨름하는 시인들의 정성이 모인 책이다. 이 시집을 읽고 잠시라도 마음의 위안을 받은 독자가 있다면 그것도 온전히 시인들의 몫이다. 시와 시인들을 향한 나의 짝사랑을 담아 이 땅의 많은 시인들에게 감사의 말을 전한다.

내가 살아온 길 위에서 만난 모든 이들에게 여전히 사랑하고 있다고 고백하고 싶다.

가을이 깊어가는 정동에서
오광수